U0119499

現代輕小說 07

情人橋之約

嬋娟 著

博客思出版社

美麗的誓約．情人橋

當初，在撰寫這本小說時，主要想呈現一種不斷錯過的哀傷之美，最終男女主角在細雪紛飛的情人橋上相會。受多部日劇影響，方有了此構思，雖不常看偶像劇，但感人片段始終深植人心。

選在淡水情人橋的理由，不外乎作者以前常去，那裡有著許多年少回憶，因此我常閉眼幻想，若以此作為故事背景，必當唯美浪漫。

這是我寫的第一本小說，但出版時卻顛倒過來。那時求好心切，加上是新手，因此很多句子重複看了多次，修修改改，萬分龜毛。當著作完成時，情緒激昂，沒想到竟讓我辦到了，那種喜悅真是筆墨難以形容。

寫法上，力求創新突破，故採男女主角輪番交替來敘述。劇情上，本單純只想寫個唯美的愛情故事，但過程中卻陸續迸出許多新想法，於是越加越多，包括融入「死亡筆記本」裡的部分概念，到最後談到自殺、生死與否的問題。劇情的轉向是我始料未及的，但我卻相當滿意此發展，這使我的故事更顯不同，也益發豐富。

不便透露太多，其餘的，就讓大家自個兒細細品嚐吧！

嬋娟　　民國一〇四年　六月三十日

目次

目次

楔子

淡水漁人碼頭，這裡是情侶夜晚約會的最佳場所。

每當夜幕低垂，點點星光出現在上空時，一對對情侶便陸續出現在木棧道上，情侶們像是事先丈量好距離似的，有默契地隔著一定的距離，或肩並著肩倚靠著，或躺在另一半腿上，面對著一望無際的夜空，一邊聆聽海浪拍打岸邊的聲音，一邊與身旁另一半細語低喃。

在這裡，海風吹來甜蜜滋味，彎彎的月亮與情侶們臉上笑容相互輝映，空氣裡瀰漫著一股香甜的氣息，它的名字叫「愛情」。

時常，這裡會有實力堅強的駐唱歌手，為情侶們演唱著一首首動人心弦的歌曲，不僅讓情侶們聽得如癡如醉，也為這裡增添了幾分唯美氣氛。

臘月的夜晚，月光特別皎潔，天氣也十分寒冷，但即使再怎麼強烈的北風，也吹不熄情侶們兩顆炙熱燃燒的心，來漁人碼頭的人潮依舊絡繹不絕。

在一間小餐廳的外頭，此時駐唱的女歌手正為大家帶來一首梁靜茹的「勇氣」：

「終於作了這個決定，別人怎麼說我不理，只要你也一樣的肯定。

我願意天涯海角都隨你去，我知道一切不容易……」

楔子

在情人橋中央，此時正佇立著一對情侶，女孩倚著欄杆，目光投向遠方，靜靜聆聽著女歌手饒富情感的歌聲，而身後男孩則雙臂環著女孩，邊望著女孩白皙粉嫩的臉龐，邊貪婪地嗅著女孩身上所散發的茉莉花香。

就著麼靜靜地……靜靜地……時間彷彿凝結在此時此刻。

「我們都需要勇氣，去相信會在一起，
人潮擁擠我能感覺你，放在我手心裡，你的真心。」

當一曲終了，立即換來圍觀民眾報以熱烈的掌聲。

原本專心聽著歌聲的女孩，也因掌聲而被喚回了思緒。女孩動了動因久站而有點僵硬的身子，並握住男孩的大手，幸福地依偎在男孩懷裡說：「仁樵，這裡很棒對吧？」

「是呀，這裡的確很棒！但……如果沒有妳，這裡就一點意義也沒有。」男孩望著懷中的女孩，並把女孩摟得更緊了些。

女孩雙頰浮現兩朵紅暈，害羞地說：「什麼時候變得這麼油嘴滑舌了你，我都快噁心死了！」

男孩一手回握住女孩凍僵的雙手，另一手搔著頭，尷尬地笑著說：「也許是天氣太冷，也或許是這裡的氣氛醉得我糊塗了！」

女孩笑了笑，轉身繼續望著漆黑大海，男孩有默契地不再說話，擁著女孩靜靜感受著夜的魔力。

此時，駐唱女歌手的聲音再度響起，她說：「接著，我要為大家演唱的歌曲是周杰倫的『髮如雪』，這是一位王先生要送給他太太的，慶祝他們結婚三十週年紀念，我們一起祝福他們……白首到老。」

音樂響起，女歌手深情演唱著。台下王先生和他太太坐在椅子上，兩人的手交疊緊握，一起聆聽這首祝福著他們三十年婚姻的歌曲。

「妳髮如雪，紛飛了眼淚，我等待蒼老了誰？
紅塵醉，微醺的歲月，我用無悔，刻永世愛妳的碑。」

女孩靜靜觀察著王先生和他太太，在演唱過程中，從頭到尾兩人的手始終緊握，眼神閃爍著光芒，臉上洋溢著幸福的微笑。不時王先生還為他太太拭去眼角的淚珠，儘管兩人青春不再，臉上已佈滿了歲月痕跡，頭髮也斑白如雪了，但兩人的回憶，三十年來的點點滴滴卻是不可抹滅的。

楔子

女孩將視線由王先生與他太太身上移開，仰起頭，若有所思地望著天空。隔沒多久，像是想到什麼，女孩問男孩：「仁樵，你猜……這裡有沒有可能下雪呀？」

「不可能。」男孩堅決地否定，並繼續說：「如果這裡真的下雪的話，我看世界末日真的要到了。」

女孩回頭望著男孩，露出認真表情說：「很多事情是不能用邏輯來思考的。你想想，如果這裡下起雪，一定很美，對吧？」說完女孩轉回頭繼續望著大海。

男孩無可奈何地笑著說：「對……對……」

雙方靜默片刻，女孩突然又轉頭說：「那麼，如果有一天這裡下起雪，你會和我一起來這看雪嗎？」

男孩笑而不答，卻見女孩已嘟起嘴，露出不悅神情，於是男孩立即說：「好好好……『如果』真的有那麼一天，我一定會帶妳來看雪的，看到妳高興，好不好？」

女孩瞬間綻放出燦爛笑容，興奮地說：「你說的喔！不可以說謊。」說完立即伸出右手小指，比出打勾勾的手勢，接著說：「來勾手指頭約定，下雪的那天你會帶我來這裡看雪，不守約定的人是小狗。」

男孩無奈地笑了笑，用手輕敲了一下女孩的小腦袋瓜說：「我真拿妳沒辦法。」他伸手與女孩締結了約定。

女孩說：「不可以騙人喔！」

男孩故作猶豫地說：「那……可以反悔嗎？」
女孩瞬間垮下臉，大聲說：「不行！」
男孩露出笑臉說：「呵，那當然就是真的啦！」
女孩怒氣漸消，不放心地又問道：「一定喔？」
這次，男孩認真地看著女孩回答：「嗯，一定……」

楔子

第一章 意外

1-1

鳳凰花開，又到了莘莘學子踏出校園，邁向嶄新前程的季節。

今天，是我大學畢業典禮的日子。

站在校門口，憶起大學生活四年來的點點滴滴，猶如南柯一夢，但在我心裡，卻早已留下了許多彌足珍貴的回憶，有歡笑，有淚水，有我四年來的青春。想起剛才同學們相互道別，抱在一塊流淚祝福的畫面，不禁使我紅了眼眶。

「同學們，再會了，我的母校，永別了。」我回頭望了眼生活四年的地方，默默道別著，心中充滿難過與不捨。

「琴，妳在發什麼呆呀？」仁樵騎著他的摩托車停靠在我身旁。

「沒有啦，只是有點捨不得……」

「捨不得？那我們去求老師讓妳延畢好了。」仁樵邊說邊為我戴上安全帽。

跨上後座，我用力抱緊仁樵說：「我才不要延畢呢！我只是覺得大學過得很快樂，接下來步入社會後，可能再也不能這麼輕鬆自在、無憂無慮了。我害怕可能找不到工作，害怕同事不好相處，害怕……」

意外

「怕什麼？妳還有我呀！」仁樵的話就像一陣徐風，頓時吹散我內心的不安，使我心頭暖呼呼的。

「是呀，我在怕什麼？我還有仁樵呀！」我在內心對自己說。

一個路口紅燈前，仁樵趁停車的空檔，看了下錶，焦急說：「糟糕，我們快遲到了！再不快點的話，好茜肯定會氣得跳腳。琴，妳可要抓緊喔！」我應了聲，緊抱著仁樵。

摩托車在車水馬龍的道路上，快速地穿梭著，坐在後座的我，眼睛看著身旁一閃即逝的景物，思緒卻飛到了遠方，我回想著和仁樵相識交往的過程……

宋仁樵，我的大學同班同學，開學的第一天，我便喜歡上他。

第一眼見到他，是在我家附近的一個路口。開學那天，我匆忙趕著去搭公車，突然看見對面人行道上，有個哭泣無助的小男孩，他哭喪著臉，倉惶無助地找著媽媽。但是來往的路人，不知大家是趕著上班，亦或是喧鬧的汽機車聲，淹沒了男孩的哭聲，居然沒有人停下腳步來幫助他。

正當我為眾人的冷漠感到憤然，想立即衝去對面馬路時，他出現了……

沒錯，就是仁樵。

他像個溫柔的大哥哥般，摸摸小男孩的頭，輕聲安撫他，並牽著他的手到前面不遠處的警察局。剛好，小男孩的母親就在警局裡，一見到男孩，她開心地流著淚，緊摟著差點失去的孩子。

眼見小男孩找到自己的母親，仁樵便帶著微笑，默默地轉身離開。

這一幕幕盡落入我眼中，讓我對仁樵有了好感。

急忙趕到學校的我，氣喘吁吁、揮汗如雨，緊接著他出現了，原來他剛好就是我的同班同學，你說巧不巧？世界還真小，緣分來的時候擋也擋不住。驚訝之餘，我內心盡是藏不住的喜悅，我聽見愛神在對著我歌唱，月老在對著我微笑，我想這就是所謂的一見鍾情吧。

幾次主動與仁樵交談相處後，我發現他不只有愛心，而且還有責任感，說話風趣幽默，是個典型的陽光男孩，對他的了解越多，更加深了我對他的喜歡。

當然，身邊有好的男人便要懂得好好把握，在所謂「女追男隔層紗」，以及好友好茜的一番大力勸說下……

終於，我鼓起勇氣向他告白，也順利成功了。於是我們持續交往到現在，讓我在大學修了一堂美滿的愛情學分。

好茜常羨慕地對我說：「琴，妳實在太幸運了！能認識仁樵這樣的好男人，我真是嫉妒妳呢！」我總是不好意思笑笑地答：「是呀，他真的很棒。」

仁樵的確很棒，雖然有時他嘴巴很壞，但對我不僅溫柔體貼，也懂得察言觀色，更會在我不高興時逗我笑，哭泣時也會在一旁默默地陪伴我。

但是……有件事，我一直很在意，那就是他從來都不曾跟我說過「我愛妳」三個字。

仁樵是個不隨便說愛的男人，但是女人是聽覺動物，最愛聽的也不外乎就這三個字，當然我也希望能夠親耳聽到。我從暗示、提示，一直到明示，有一天我實在忍不住……

我問：「仁樵，為什麼你都不對我說『我愛妳』？」

「嗯……這很重要嗎？」

「當然。」我有些不高興。

仁樵認真地看著我說：「琴，我很喜歡妳，妳是我最重要的人。」

「既然如此，我想聽你說那三個字。」我帶著渴切的眼神望著仁樵。

「因為重視，所以愛就不能隨意掛在嘴上，唯有在重要時刻說出口，那麼『我愛妳』這三個字才有它的意義，懂嗎？」仁樵擁著我認真地解釋。

我不耐的說：「那要等到什麼時候呀？」

「嘻嘻，這個嘛……也許再不久妳就可以聽到了。」

「可惡，你很小氣耶！說一下是會死喔！」我鼓著腮幫子氣呼呼的抱怨。

就這樣，一直到現在，我還是沒聽到我想聽的三個字。

摩托車持續在道路上奔馳著。

突然，仁樵對坐在後面的我說：「琴，妳在睡覺嗎？」

「沒有啊。」

「我們快到了，趕快把口水擦一下，不然被妤茜及漢文看到，妳的形象就要沒了。」仁樵當作沒聽見我回答似的，自顧自的說著。

「哼！嘴巴還是這麼壞。」我內心這麼想，不願再被他激怒，隨意應了聲後，又再度陷入自己的思緒中……

回想起去年十二月，在漁人碼頭情人橋上的對話，現在想起來還真是荒唐。當時的我怎麼會要求仁樵和我做那奇怪的約定，看雪？哈哈，我在內心裡笑著，嘴角也向上彎了起來，那時我一定是吃錯藥了。

不過，那時仁樵會說出那麼肉麻的話，我看他也一定吃錯藥了。早知我那時就該順水推舟，趕緊問他愛不愛我，也許當下他就會說出口了。唉呦，現在想想還真有點懊惱！

不知不覺已抵達目的地。

意外

下了車，看了眼今晚我們要慶祝狂歡的餐廳，不禁令我傻眼。

「天呀！這……這……這是我們今晚要吃飯的地方？」我不敢置信的揉了揉眼。

「對呀，就是這裡沒錯。」

眼前的餐廳，不，更具體一點的說，是間豪華飯店，外觀金碧輝煌，門口一座水池，水池上一座白色石獅子雕像，水正不停地從獅子的嘴巴，流到下方池子裡。旋轉門旁，幾位西裝筆挺的服務生正候在一旁，面帶微笑地等著迎接我們。

我不知不覺張大了嘴，活像個雕像似的定在原地，並非我少見多怪，而是平常我們根本就不會到這種地方吃飯。這裡，不是我們這些窮學生吃的起的……

仁樵見我動也不動，便伸手將已呆掉的我往飯店裡拉。服務生禮貌且熱情地招呼著我們，我們隨著服務生的步伐，往一個叫「鳳凰廳」的方向走去，一路上，我輕聲對仁樵說：「這地方很貴耶！」

「嗯，我知道呀。」

我不安的看著仁樵說：「我們不是只是要慶祝畢業而已嗎？有必要吃這麼好？而且……」

突然，一個人影自「鳳凰廳」裡飛奔至我們面前。待我看清來者是誰時，好茜已氣呼呼的抱怨：「琴、仁樵，你們兩個遲到王，我和漢文已經在裡面等到快風化成石像了，你們還在這裡蘑菇。快點，我們快餓死了！」

就在他們倆一個推一個拉的情形下，我踏進了生平第一次的高級餐廳。

服務生領著我們走到位子上，漢文正翹著二郎腿，好整以暇地等著，一見到我們便說：「你們兩個總算來了啊！」

仁樵連忙道歉：「抱歉，剛剛路上有點塞車，而且呀……」邊說邊不懷好意地看了我一眼：「我後面又多載了一隻有重量的小睡豬，所以車子就跑不太動啦！」說完還自個兒笑了起來。

正要坐下的我，聽到這段話，立即站直了身，大聲辯駁：「我才沒有……」才說幾個字，便發現服務生正以一種好奇的眼光打量我，於是我把想說的話吞下，轉頭對服務生不好意思地笑了笑，便乖乖坐下。

好茜噗嗤一笑，看著我和仁樵說：「你們兩個別一來就在那耍甜蜜，也考慮一下旁人的心情好嗎?我和漢文都快受不了。」說完看了漢文一眼。

漢文嘆了口氣，附和說：「對呀，我們老是被當成空氣。」說完搖了搖頭，擺出無奈表情。

「你們……我們哪有耍甜蜜?別……別亂說。」我不好意思到講話都結巴了，而仁樵卻只在一旁微笑欣賞著我手足無措的模樣。

漢文、好茜看著我的窘態都笑了起來，讓莫名的我，臉上的潮紅又加深了些。

意外

說起妤茜及漢文呀……

汪妤茜是我高中時就認識的死黨，我倆情同手足，感情好得不得了。高中畢業後，兩人便決定唸同一所大學，於是我們共當了七年的同班同學。我和妤茜時常形影不離，有人還因此懷疑我們是否有斷袖之癖。

但是，這只發生在我和仁樵交往以前。也因此，妤茜常跟我抱怨：「琴，妳這見異思遷的傢伙，有了愛人就沒有朋友。」

「妤茜，對不起啦！我沒有想要拋棄妳的意思，只是……只是……」

每次見到妤茜一副哀怨的模樣，我總是急著想安撫她，努力地解釋。

當然，妤茜只是開開玩笑而已。她調皮地說：「呵呵，我跟妳開玩笑的啦！妳好認真唷！」說完輕鬆地拍了拍我的肩膀。

「妳別尋我開心，等妳有男朋友的時候，到時……嘿嘿，就換我來捉弄妳。」

妤茜不以為然地說：「哈，那妳可能要等好久嚕！妳想的美。」

「不要太鐵齒呀妳，說不定明天妳就會跑來跟我說妳交男朋友了呢！」

「最好是。」

腦海中忽然閃過一個人選，我露出微笑，發揮起媒人婆的本領，極力推薦：「妳覺得漢文怎麼樣？」我興奮地等著妤茜的回答。

「什麼怎麼樣？一點也不怎樣。」

「是喔。」我有點失望。

我不死心地繼續說：「可是漢文他人很好耶！雖然他這人話不多、悶騷，但是他對人非常nice。像上次下雨天我忘了帶傘，他還很man的把自己唯一的傘借給了我。還有啊……」

「停、停、停。」好茜阻止我繼續說下去，她說：「你們別再亂點鴛鴦譜了，我跟他根本看不對眼，別再白費心機想搓合我們。」

我想起上次我們四個約好去看電影，仁樵突然故意假裝肚子痛，我陪他去看醫生，想讓他倆可以獨處，迸出愛的火花，沒想到他們一點來電的感覺都沒有，真是枉費了我們的一番苦心。

我像做壞事被抓到的小孩般，不好意思地說：「原來你們都知道了喔？」

「廢話，你們演技那麼爛，瞎子都看的出來。」

「而且呀……」好茜別具深意地看著我說：「漢文心裡早已經有人了，他並不是對每個人都那麼好的，妳這個笨蛋。」

我驚訝地瞪大眼睛問：「什麼？他已經有喜歡的人了？我怎麼都不知道？」

「因為某個笨蛋眼中只有他的仁樵哥哥呀！」好茜揶揄說。

我聽不出好茜的話背後涵義，只一個勁的追問：「妳是怎麼知道的？漢文有跟妳說是誰嗎？是我們學校的人嗎？」像挖到八卦消息似的，我迫切想得知更多訊息。

「嘿嘿，我自己看出來的。」好茜得意地笑。

「妳自己看出來的？」我有點不太相信。

「不信妳可以自己去問他。」

我下定決心一定要挖出這個秘密，但好茜突然又說：「不過呀……他是絕對、肯定不會告訴妳的。」

「為什麼？」我一臉困惑。

「因為……這是，不能說的祕密。」

總之，到現在我還是無法得知答案，而漢文也如同好茜所說的，矢口否認，於是這件事便在我心裡留下了一堆問號。

至於江漢文，他是個不愛說話的人，一開始，他冷漠的態度，令班上同學都不敢靠近，再加上他大二才轉來我們班上，大家都已有各自的小圈圈，於是他很難融入大家。但仁樵偏偏主動找他聊天，甚至拉他進來和我們同組，自此我們四個人便時常走在一起，後來更成了好朋友。

剛開始相處時，他的話很少，少到十根手指頭都數的出來，大部份他都是在一旁靜靜地聽我們說話，時常我們都搞不懂他在想什麼。但隨著相處時間愈久，就會發現其實他這個人超悶騷的，不說話則已，一說話那可真叫人跌破眼鏡，很多話你絕不相信是從他口中說出來的。

他外貌斯文，鼻子高挺，一副粗框眼鏡戴在他鼻樑上，彷彿徐志摩般，散發出文人風雅的氣息。他和仁樵的類型剛好相反，仁樵就像朝陽，是那麼的有朝氣、活力，帶給人歡樂及溫暖。而他就像一輪明月，給人恬靜自在的感覺，雖然不多話，但卻和仁樵一樣，溫柔體貼、善解人意，其細心的程度有時連我都自嘆弗如。但好茜卻常反駁我，說他根本一點都不溫柔體貼，這我就搞不懂了，是漢文哪裡得罪她？還是我這個人對溫柔體貼的定義太廣？

今晚，我們四個同窗好友，開開心心地聚在一塊兒，一同慶祝著我們大學畢業。

看著菜單上的價位，我突然想起剛剛未說完的話，繼續說：「這家餐廳價位也太高了，我看我們去吃別家吧，犯不著為了吃頓飯花這麼多錢。」

好茜笑笑說：「怕什麼？有人要請客，不吃白不吃。」說完把目光掃向仁樵。

我驚訝地問仁樵：「什麼？你要請我們大家吃飯？」只見仁樵點點頭，笑而不答，我繼續問：「你中樂透呀？還是發生什麼大事？怎麼突然……」

好茜插話說：「這還不是因為仁樵他呀……」

突然，仁樵對她努努嘴，擠眉弄眼一番，好茜便摀住嘴，不再說話。登時我內心的疑慮更加擴大，以帶著詢問的眼神看著大家問：「怎麼啦？」

他們面面相覷，個個噤若寒蟬。

沉默了片刻，當我按耐不住，想繼續追問時，終於，漢文開口了：「因為仁樵聽說這間餐廳很好吃，所以想趁畢業這天，帶大家來品嚐品嚐，為我們大學四年劃下一個完美的句點。」

嗯……好像有點道理。

我看向仁樵及妤茜，只見他們一個勁的猛點著頭，雖然還是讓人半信半疑，不過我終於放下了心中的疑慮。

我開心地說：「呵呵，既然有人愛請客，那我們也就不要給他客氣，盡情地大快朵頤一番吧！」

妤茜跟著歡呼起來，我看見仁樵的眉頭皺也不皺一下，他今天到底怎麼了？真不像平常的他。

我們各自低頭研究著菜單，雖然我嘴巴上是這麼說，但我也不能不為仁樵的荷包著想。於是我一道道菜慢慢研究，仔細地精打細算一番，一定要挑選好吃的，而且還要能吃得物超所值才行。

正當我還埋首研究菜色之際，突然仁樵站起來驚慌地說：「唉呀，我忘了一件事。」

我好奇地看著他問：「什麼事？」

「我媽要我送一份文件，到她的律師事務所給她，說是等會兒要給客戶看的，我居然給忘了！糟糕！」

我說：「那你趕快去吧！我們會等你回來的。」

「不用啦，你們先點餐吃，我會快去快回的。」說完仁樵親了下我的臉頰。

妤茜笑著說：「你可要快去快回呀，否則琴到時候不見，我可不負保管責任喔。」說完對仁樵眨了眨眼睛。

仁樵也跟著笑了笑，比了個沒問題的手勢說：「我會的，待會見。」

我在一旁被弄得莫名其妙，不知道仁樵去送份文件，幹嘛一副喜孜孜的模樣，而且漢文和妤茜的行為也都怪怪的，難不成大家今天都吃錯藥啦？

「嗯，再見。」

隨著眾人的道別，仁樵也隨之消失在飯店裡。

我們決定等仁樵回來後再點菜。於是趁這段期間，我跟妤茜只好不停地交頭接耳，研究著等等要點哪些菜，漢文則在一旁無聊到連連打著呵欠。

就這樣，時間一分一秒的過去……

已經過了快一小時，但仁樵卻仍然還沒回來。我焦急地打了好幾通電話，但手機都

打不通。服務生不斷地過來詢問是否要點餐？可此時的我們早已全沒了胃口。

一個半小時後，我終於按耐不住，從這裡到仁樵家，再去她媽媽的事務所，根本用不著半小時，一定是發生了什麼事，我心裡突然有股不祥的預感。

漢文看出我的不安，他說：「琴，需要我載妳去找仁樵嗎？」

我馬上迫不及待地站起身說：「好。」接著便和漢文一起往飯店門口走去。

妤茜跟著追過來喊說：「我也要去。」

我點點頭，臉上盡是焦急。

原本接待我們的服務生走過來問：「小姐，你們還有要繼續用餐嗎？」

我不好意思的說：「對不起，我們要離開了。」

服務生馬上又接著說：「那麼，你們原本安排的活動也要取消嗎？」

「活動？」

當我想繼續問是什麼活動時，妤茜突然一把將服務生給拉到很遠的地方，接著滴滴咕咕的，不知道在說些什麼。

當我準備走過去問妤茜在搞什麼鬼時，我的手機卻在這時響了起來。當下我直覺認為是仁樵打來的，立即接起說：「喂，仁樵？」

不是仁樵，是仁樵的母親。

「琴……琴……是小琴嗎？」伯母的聲音聽起來有些激動。

「對呀，我是小琴。伯母妳怎麼啦？」我內心不安的情緒更加高漲。

「什麼？要去醫院？仁樵發生什麼事了嗎？」

漢文聽見我說的話，向我靠近了些，仔細聽著我和伯母之間的對話。

伯母在一陣哽咽、吞吞吐吐後，終於用盡力氣擠出一連串的話：「他剛剛在路上發生車禍，現在還在昏迷不醒中，醫生正全力地搶救……」

車禍……昏迷不醒……搶救……

我腦袋唰的一聲，瞬間空白，手機自手中滑落到地上，電話裡仍傳來伯母的聲音：

「琴，妳有聽到嗎？喂喂喂……」

我眼眶裡泛滿了淚水，鼻子紅了，喉嚨哽咽了。接著，我感覺身體在傾斜，世界似乎在旋轉著。

漢文驚恐地攙扶住我，嘴一張一闔的似乎在呼喚我的名字。妤茜聽見漢文的聲音跟著轉頭，發現我的異狀，也滿臉驚慌地急奔了過來。

我的視線朦朧了，周圍的聲音也聽不清了。

最後聽見的，是我緊抓著胸口，痛徹心扉地高喊著：

「不……」

1-2

引擎聲、喇叭聲、雜沓的腳步聲……好吵。

我半瞇著眼，伸了個懶腰，扭動一下脖子，右手向前一伸，摸索著鬧鐘，想看看現在幾點鐘。忽然，我察覺到異狀，我現在……居然是站著的！

我不是應該躺在自己床上嗎？怎麼會站著？

「難不成我有夢遊的習慣？」我驚訝地問著自己，隨即瞪大了雙眼。呀，好刺眼！在陽光的照射下，我用手遮住那讓人不適的光線，待視線恢復清晰時，我看著眼前景物，頓時目瞪口呆。

這是哪裡？

車水馬龍的十字路口？

我左看看、右看看，完全不知道自己身在何方。

此刻的我，正站在一個人來車往的十字路口旁，現在似乎是上班的尖峰時段，人車洶湧，路上行人匆匆。

我怎麼會醒來後，站在這個地方？正當我還在思索時，有輛不長眼的大卡車，不斷地鳴著喇叭，往我這高速急駛而來。我嚇了一跳，趕緊跳到一旁人行道上。

站穩腳步，我內心還餘悸猶存。

「呼……差點就被卡車給輾斃了，幸好我反應機靈、手腳敏捷，否則我可能就英年早逝了，不過這輛卡車會不會未免也太誇張，到底有沒有在看路呀？差點撞到我耶，可惡。」

氣憤歸氣憤，但眼前的問題還是要解決，我現在到底在哪？難不成我在夢遊時，一個人獨自走到這來？我狐疑地向四周瞧了瞧，在腦海裡快速翻轉著好幾個可能的答案。

最終，我搖搖頭，放棄毫無線索的臆測。我再次環顧四周，在原地轉了幾圈，然後……

「啊！我知道了，或許我現在正在作夢，對，一定是這樣，我一定是在作夢。否則我怎麼可能一個人跑到這人生地不熟的鬼地方，對，一定是這樣。」

那既然是作夢的話，我應該不會感到疼痛才對吧，嗯，試試看。於是，我用盡吃奶的力氣，賞了自己三個清脆的巴掌……

啪，啪，啪！

嗯，一點也不痛。果然，果然我是在作夢。

我鬆了口氣，原本焦急徬徨的心情也緩和許多，但沒多久，我腦海中又浮現出另一個更為嚴重的問題……

「我……是誰？」

我感到異常的恐懼，因為我居然連自己是什麼人？住什麼地方？叫什麼名字？完全一點概念都沒有，難不成作夢時，會連自己是誰都記不得？

我努力地敲敲腦袋，試圖想喚醒一些記憶，但只是徒勞，我想這恐怕不只是個夢，還是個可怕的噩夢，一個不知道自己是誰的孤獨少年，在陌生的城市街頭遊蕩、徘徊……

「唉呀，還是說，我在夢遊的途中，給撞到了腦袋，喪失了記憶？」

如果真的是這樣，未免也太可笑了吧！想到這裡，自己也跟著笑了起來。

笑了一會兒，我才發覺自己像個傻瓜，好蠢！

剛剛明明就確定自己在作夢了，怎麼又變成了夢遊，不可能、不可能……我甩甩頭，甩開無聊的胡思亂想。接著我看了看左右，大家依舊低著頭趕著上班，沒人注意到我。幸好，否則大家可能會認為我是個瘋子吧，一個人在路邊自個兒傻笑著。

現在，我唯一能做的事，就只有等，等著從這荒誕至極的夢境中醒來。

也許很快就會醒來了……

只是作夢而已，總會醒過來的……

只是夢……只是場夢……

在自我不斷安慰下，我總算放下一顆懸著的心。放鬆心情的我，決定四處走走逛逛，消磨下時間，等夢醒來。

這次，我仔細地觀察著四周。

這個地方很普通，普通的十字路口，普通到每個城市裡到處都看的到，普通到過眼即可能忘掉。我現在正站在紅色路磚的人行道上，後頭是一座林木茂盛的社區公園，不遠處有個公車亭，公車亭裡有幾個穿著同款白衣黑裙的學生妹們，正坐在椅子上邊聊天邊等公車。

沿著斑馬線，跟著人群，我過了馬路。

對面轉角處有間花店，香氣瀰漫，店員是個短髮的俏麗女孩，她圍著粉紅色圍裙，正專心地低著頭，包裝著準備給客人的花束。店外有好幾盆花盆放在外頭，種類之繁多，令人目不暇給。

我的視線，恰巧停留在有著暗紅色的玫瑰花盆上，玫瑰花……

等等，我覺得好像快想起什麼了，但卻又想不起來，腦海中的畫面朦朦朧朧的。

「嗯……」

我瞪著玫瑰花，想了足足有二十分鐘之久，但還是什麼都想不起來。算了，反正只

是作夢，想不起來就算了。

我離開花店，繼續隨意漫步著，沿路盡是一間間不起眼的店家，以及一幢幢林立的高樓大廈。走著走著，開始感到無聊，怎麼夢還沒醒來？

一輛銀白色汽車停在路旁，我走近車子，藉由後照鏡，認真地端詳起自己的臉孔……

「嗯，帥。」經過數分鐘後，我為自己下了個結論。

「相貌堂堂、一表人才、高大英挺、氣宇軒昂，一看就是人中之龍。」照著鏡子，我邊用手整理著有點凌亂的頭髮，邊不斷地自我讚嘆著。

「既然我這麼帥，我怎麼可能會忘記這張一看就令人難以忘懷的尊容呢？」

幾經多番省視，我對自己越看越喜愛，完全沉浸在自我良好的感覺中。

在欣賞完自己後，心情愉快許多。

接著，我在一家販賣電視機的店門口停了下來，門口有台電視機，現在播放的是綜藝節目，Mr. Magic正在表演精彩的魔術秀。

「哈哈哈……」我邊看邊笑到噴淚。

接下來的時間，便在電視機前消磨過去。

直到日暮黃昏，倦鳥歸巢，下班的人群也紛紛返家了，我還在這裡，我漸漸感到煩躁不安。一天都快過去了，怎麼我的噩夢還沒醒？就算作夢也沒這麼久的吧？我開始察覺不對勁。

「難不成我不是在作夢？」一想到此，我嚇得跳了起來。

老天，如果這不是作夢的話，那事情可就大條了！莫非我真的在夢遊途中失憶了？我的心臟開始目無章法地狂亂跳動著，呼吸急促、血壓飆升。

「怎麼辦？怎麼辦？」

我慌張地想找個人來問問，雖然問路人也無法給我答案，但我現在迫切地需要援助，至少可以詢問一下警察局在哪？看看是否有人通報失蹤人口之類的。

正好，有個提著公事包的中年大叔，快步地從我身旁經過，我立即開口叫喚：「先生。」那位中年大叔依舊低著頭，急忙地走著，似乎沒聽見我的叫喚。

眼看大叔即將走遠，我提高了音量，大聲喊著：「先生，我想請問一下……」

但是，那個人不知是耳背還是怎樣？居然像沒聽見似的，繼續走他自己的路。我火氣頓升，請不要小看一個男人，在得知自己可能罹患失憶症後的怒氣，我立刻邁開步伐追了上去。

當我追上那位中年大叔，伸出手，想拍肩叫住他時，神奇的事發生了！

我看見自己的手，在碰到肩膀的那一瞬間，居然……

穿透了……

我的手，穿透了他的身體！

嚇傻的我，站在原地呆若木雞，而那位中年大叔早已走遠。

難不成我剛好遇到一個魔術師？是劉謙？還是Mr. Magic？他在跟我開玩笑？唉呀，一定是的，現在不是有很多街頭魔術秀嗎？這附近一定有隻隱藏式攝影機，正在拍著我驚慌失措的模樣，等一下就會有工作人員出現，笑著對我說，你被騙了，哈哈，一定是這樣。

於是，我待在原地等了一陣子，但是什麼都沒有。沒有工作人員，沒有攝影機。

不信邪的我，又試了好幾次。

指揮交通的警察，

拖著沉重書包回家的小學生，

半駝著背，拄著拐杖的老爺爺，

最後，甚至連垃圾桶旁的流浪狗也不放過……

我乞求、渴望有個人可以聽見我的聲音。

但……

結果都一樣。

我再也笑不出來了，這不是夢，不是遊戲，也不是惡作劇，這到底是怎麼回事？有誰能來告訴我，這到底怎麼回事？我的內心夾雜著不安、恐懼、害怕、焦慮，我怎麼了？大家怎麼了？這世界到底怎麼了？

最後，我實在是受不了，舉起雙臂仰天大喊：

「啊……到底是怎樣……」

引擎聲、喇叭聲、雜沓的腳步聲依舊不斷，

我的呼喊就如同自己本身一樣，被淹沒遺忘在城市的角落……

1-3

已經過了幾天？七天了吧。

只要一想到，我的淚，就如潰堤的水壩般，傾洩而下。

事情怎麼會這樣……

那天，聽見仁樵噩耗的我，立即暈了過去。

醒來後，發現我躺在自己的床上，瞪著天花板，思考著自己怎麼會在這？我回想著畢業典禮完後我們去吃飯，仁樵突然有事離開，等了許久，最後接到伯母的電話，然後……車禍……醫院……我想起來了，全想起來了，仁樵他……仁樵他……

連忙坐起身，才發現我的父母、漢文及妤茜都圍在我床邊，擔憂的望著我。我一心只想著仁樵，於是一把抓著離我最近的母親問：「仁樵，他現在怎麼樣了？」

母親不答，將頭撇開，轉頭那一瞬間，我看見有滴淚從她眼角滑落。

母親在哭嗎？為什麼要哭？我不是好端端的坐在這嗎？難道是仁樵……

心中震了一下，我轉頭看向其他人，他們個個低頭不語、面如死灰，一團烏雲瞬間籠罩心頭。

我倏地掀開棉被，急嚷著：「我要去找仁樵……我要去找他……」

大家先後過來抓住我，要我冷靜些，他們越是攔阻，越顯得有問題。於是，我拉著母親哀求說：「媽，妳告訴我仁樵他怎麼啦？」

母親紅著眼眶，無語地望向父親，而父親則眉頭深鎖地直搖頭，示意她別說。

我見著更加急了，趕緊轉拉著漢文問：「到底發生什麼事？仁樵發生車禍有沒有怎樣？」

「仁樵他……」漢文才一開口，便立即被妤茜給打斷，她不敢直視我，假笑地說：「仁樵沒什麼事啦！他現在正在病房裡好好休息著。」

我看著妤茜心虛的表情，搖頭說：「騙人……我不信。」

「告訴她吧！她遲早要知道的。」漢文看著其他人，徵詢著大家的同意。

父親重重嘆了口氣，勉為其難地點了點頭，便背過身，自口袋裡拿出包菸，燃起一根，緩緩地抽了起來。

白霧裊裊上升，菸味充斥整個房間。母親兀自低頭垂淚，妤茜則站在我身旁拍著我的背。父親步到窗邊，推開窗，對著窗外繼續吞雲吐霧著。我知道一定發生了什麼大事，我繃緊著神經看著漢文，等著他給我答案。

漢文深深吸了口氣，將雙手搭在我兩肩，認真地看我說：「琴，妳必須先答應我，

保證不會做任何的傻事，我才告訴妳。」

我胡亂地點著頭，算是應允了。

見我答應了，漢文抿了抿唇，艱難地啟口：「醫生說……」

我專注地聽著。

「醫生說仁樵撞傷了腦部，現在情況並不樂觀，目前持續昏迷中……」

我的心情如雲霄飛車般，瞬間跌至谷底。

「恐怕……」

我的心又震了一下，焦急地問：「恐怕怎麼樣？」

「恐怕再也醒不來了……也就是變成……植物人……」

植物人……

「嘶」的一聲，心臟像被撕裂般，好痛。

愣了幾秒，我的身子開始不自主地顫抖起來。好茜在一旁緊抱著我，試圖想給我安慰。我抽動著嘴角，喃喃地說：「這不是真的……這不是真的……」

我淚眼汪汪看著漢文，淒楚地說：「你在開我玩笑對吧？」

漢文扭開頭，不忍再和我對視。

像是失去理智般，我嘶吼著：「怎麼可能？這怎麼可能？明明前一秒還好好的……明明昨天還有說有笑……明明他答應我一定會回來的……」

我發狂似的衝出房門，我一定要去見他，這不是真的，大家都在騙我，我一定要親眼見到。但還不到門口，立刻就被大家給阻攔了下來。

我怒吼：「放開我。」

我卯足盡想擺脫阻礙，就像隻因受傷而發了狂的小野獸，不停地又抓又叫。

我的指尖劃破了漢文的臉頰，我的手肘撞傷了好茜的眼角，直到……

「啪！」一記清脆的聲響，我的左臉頓時熱辣辣了起來。

我撫著滾燙的面頰，震驚地看著打我的兇手——我的母親！

居然是平常對我呵護疼愛備至的母親！

母親從沒罵過我，更別說是打我，甚至連我自個兒不小心跌跤，我母親也要難過自責個好幾天，沒想到她現在居然打我！

我既震驚又難過，原本瘋狂的舉動停了下來。其他人也被這突如其來的巴掌給嚇到，原本亂哄哄的氣氛，瞬間僵硬了起來。

我望著淚流滿面的母親，內心跟著激動不已。

母親噙著淚水，痛心地對我說：「小琴……冷靜點好嗎？我知道妳無法接受仁樵變成植物人的事實，但是……妳這樣……看到妳這樣的我們，更加難過……妳知道我跟妳爸，怕妳醒來後會承受不住，擔心到一整晚都沒闔眼嗎？」母親哽咽了。

妤茜遞上面紙，母親擤了擤鼻繼續說：「漢文及妤茜也是，他們一下子去看仁樵，一下子又要回來看妳，兩邊都擔心得不得了，仁樵會發生這樣的事，大家都不好過……別再讓我們為妳擔心了，好嗎？」說完她伏在父親懷裡哭了起來。

母親的眼淚，浸濕了父親的衣襟，也澆熄了我的瘋狂舉動。望著為我難過擔憂的父母親，他們瞬間似乎蒼老了許多。轉頭看向妤茜，她臉上的兩坨黑眼圈，眼角的瘀血，以及散亂打結的頭髮，她這麼愛美的人，怎麼會讓自己變成這副模樣？再看向漢文，臉上清晰可見的一道抓痕，佈滿血絲的雙瞳，未刮的鬍漬，原本一絲不苟的他，想必也很痛苦……

我現在才了解，原來我是多麼的自私，我……竟還讓大家為我擔憂……心頭一緊，我衝上前，一把緊抱著父母，直喊著：「對不起……對不起……」接著痛哭起來，將心中的悲傷與痛苦，一股腦地宣洩出來。

後來，雖然我冷靜了，但我還是將自己關在房間裡，三天沒出房門。

爸媽、妤茜、漢文，對不起……

我沒辦法立刻振作起來，請你們原諒我，讓我好好的靜一靜……

我坐在床上動也不動，像尊斷掉發條的洋娃娃，兩眼無神，思緒空白。有時想到仁樵的時候，淚水便自動落下，一流就像關不緊的水龍頭般，流到身體水分都被抽乾了才罷休。有時情緒激動一上來，只能蒙在被窩裡嚎啕大哭。

你知道一個人若失去了陽光、空氣、水，那個人會怎麼樣嗎？

我現在就是那樣，仁樵就是我的陽光、空氣、水，失去他，我就只是具空殼，不再有意義，我失去了靈魂，失去了活下去的動力……

我曾想過就這樣了結生命，但只要一想到父母那哀傷憂愁的臉龐，便下不了手……神呀，祢為什麼要折磨我呢？給了我幸福，卻又狠心地將他奪去……

關在房裡這三天，母親像站衛兵似的，三不五時便佇立在門外，努力地勸說我。我只是靜靜地聽著，一點反應也沒有。飯菜放在門口，我滴口未沾，惹得母親在門外又是流淚又是嘆息。

第二天，漢文及妤茜輪番來敲我房門，我也沒理睬。

第三天，父親火了，他氣得指著我的房門大罵，但我還是無動於衷。

就這樣在房裡哭了三天，哭到眼睛都腫了，心也掏空了，我想，該夠了，我該振作起來才是。

於是當晚，我轉動門把，踏著虛浮的腳步，從房裡走了出來。我虛弱地倚著扶手緩步下樓，接著聽見母親焦急的聲音從客廳裡傳來。

「怎麼辦？你說該怎麼辦啦？這孩子已經把自己關在房裡三天了，整整三天沒吃飯，也沒半點聲響的，也不知道她到底怎麼了？如果……如果她在裡面暈倒了怎麼辦？」

父親半是生氣、半是無奈地說：「這孩子真是一刻也不讓人省心，我看去找個鎖匠，直接把門撬開吧。」

「嗯，我去找名片，我記得是放在……」

當他們還在櫃子裡翻找的同時，我已無聲地出現在他倆面前。

父母親見到我，驚訝地停止了手邊的動作。而我，只是靜靜地走到餐桌前坐下，接著淡淡地說：「我餓了。」

「我馬上去弄。」

母親開心地露出笑容，連忙去廚房熱了些菜給我吃，我將飯菜一口接著一口往嘴裡送，但卻食之無味、味同嚼蠟。

邊吃的過程中，父母親坐在一旁直盯著我瞧，我知道他們在想什麼，我抬起頭擠出笑容說：「已經沒事了，以後我不會再這樣了。」見我這麼說，他們總算露出放心的笑容。

只有我自己知道，我這樣做，只是不想讓大家再為我擔心而已……

後來接連兩天，我的表現恢復正常，只是我便得沉默少言，也不再像從前那樣嘻嘻哈哈。妤茜及漢文一直不斷地打電話來關心我，非要我保證我真的沒事了，他們才放心。

第六天，父母親總算點頭，願意帶我去醫院看仁樵。雖然一路上我不斷地催眠著自己，見到仁樵時一定要保持冷靜，不要衝動。但當看見仁樵靜靜躺在床上的那一刻，我還是忍不住掉下了一行淚……

「仁樵，你怎麼會變成這樣？」我輕撫著仁樵的臉龐，哀傷地說。

仁樵就像是睡著了一樣，儘管手肘及臉上有些許擦傷，但他還在呼吸，隨著呼吸的節奏，身體正不斷地上下起伏著。

我聽著他那規律的心跳聲，強而有力的敲進我的心弦裡，這就是仁樵的心跳，這就是他活著的證據……

望著仁樵安祥的臉龐，我還是不願相信他已成了植物人，他一定只是睡著而已，一定是，於是我出聲叫喚：「仁樵，我是琴呀，我來看你了，你快點醒來……快點醒過來呀你，你聽見沒有……」

我越說越激動，不停搖晃著仁樵的身軀，一旁的伯母及我父母連忙拉止住我。我掙開他們，頹然地趴在仁樵身上哭了許久……

夜深了，母親拉著我準備回家，但我緊握著仁樵的手不肯放，我說：「我要留在這裡陪他，我不回去。」

母親勸我：「明天再來看仁樵吧，現在很晚了。」

伯母附和道：「對呀，小琴，不要再讓妳父母擔心了，回去吧。」

「可是，如果仁樵突然醒過來怎麼辦？」

「那我一定馬上告訴妳。」

「可是……可是……」

父親氣得大拍桌子說：「妳現在馬上給我回去！否則我就把妳關在家裡，永遠不准妳再來看他。」

母親趕緊拍著父親的背，安撫他的情緒，轉頭柔聲對我說：「小琴，妳乖，聽爸爸的話，妳明天還是可以來看仁樵呀！難道妳心中已經沒有爸爸媽媽了？已經不要這個家了嗎？」

我語塞，點頭妥協了。

離開的時候，我不捨地回頭望著仁樵說：「我明天一定會來看你的，一定。」

＊＊＊

這天，我獨自去探望仁樵，天還濛濛亮，我就已經著好裝準備出門。一大清早走在路上，人煙稀少，晨風微涼，使我不禁瑟縮了一下。

從伯母口中，我知道仁樵發生車禍的地點，就在我跟仁樵家附近的一個十字路口，公車亭恰好也在那個地方，走沒多久就已到達。

這裡，一個普通的十字路口，這裡帶走了我至愛的人的靈魂，抹去他那燦爛陽光般的笑容，也埋葬了我原本幸福甜蜜的生活……

我閉上眼，想像著當時發生車禍的情景，眼眶不禁紅了起來。

事情怎麼會這樣……

如果，我們不去吃飯，就不會發生這樣的事……

如果，仁樵不突然說要離開一下，就不會發生這樣的事……

如果，我拉著仁樵說要和他一起去，就可以幫他注意來車，也就不會發生這樣的事……如果……如果……

千千萬萬個如果都已經太遲了……

「太遲了……太遲了……」我佇立在人行道上，喃喃地說著。

淚水，又在此刻決堤了。

「仁樵……」

1-4

六天過去了，噩夢，未醒。

看來這真的不是夢，那麼這究竟是怎麼一回事？沒有人看的見我，沒有人聽的見我的聲音，一切的謎團，無解。

我持續在這普通的十字路口徘徊，就像個幽靈般……

等等，難不成我真的是幽靈？

那麼，為什麼我不是在天堂或地獄，而是在這奇怪的地方？還是說，這就是所謂的冤魂不散？所以我的亡靈只能不斷地在這裡徘徊……那麼到底是誰殺害我？是謀財害命？還是情殺？看來，我可能必須去找個包大人來替我申冤了，大人……冤枉呀……想著想著，不由自主自個兒還演了起來。

沒多久，我便覺得自己真是無聊，這樣也能玩得不亦樂乎，唉……

收起玩心，我開始回憶這六天我所做過的事情。首先，我想也許我家就在這附近，這附近可能有人認識我，也或許這裡是我所懷念的地方。於是，我到這附近各個店家裡到處繞繞，想看看有沒有任何關於我身份的線索。然後，我每天看著被丟在垃圾桶上的報紙，想看看頭版有沒有什麼兇殺報導，或是失蹤人口的協尋。

意外

結果，一無所獲，什麼都沒有。

因為不知來自何方，也不知自己該往哪兒去，整個茫茫然無所至。

難不成我真要這樣日復一日的渡過？

最後，我蹲在花店的玫瑰花盆前，眼睛直勾勾地盯著花朵，想看看能不能想起些什麼，但還是一樣……莫非我喜歡玫瑰？我是個花農？還是我要買玫瑰送什麼人？想了半天，越想只是把自己搞得更加頭昏腦脹而已，一點效果也沒有，唉……

這時，正當我又在發愁今天該怎麼尋找線索時，迎面一股茉莉花香撲鼻而過。

一股沒來由的熟悉感，促使我回了頭，望著適才與我擦身而過的女孩，我的腳步不自覺地跟了上去。

沒多久，女孩停了腳步。

我藉此趨前觀察她。

及腰的長髮，一襲鵝黃色洋裝，五官清秀，個子瘦瘦小小的，看起來很可愛，令人有想捧在掌心上呵護的感覺，尤其身上所散發出的那股茉莉花香，讓我感到非常熟悉。

不自覺我又向女孩靠近了些，呵呵，這樣的我好像個變態，反正她也看不見我，不藉此自我滿足一下，實在太對不起自己了。

我走到女孩面前，貼近臉，繼續大膽地看著她。因為靠得很近，所以我的心臟怦怦地快速跳著，連女孩的呼吸聲我都可以聽得一清二楚。

咦？

怎麼女孩眼睛腫腫、鼻子紅紅、眼眶水水的，看起來真是糟透了！

「發生什麼事了嗎？」我問女孩。

當然，她聽不到。

原本目光呆滯的女孩，突然間，淚水不斷四溢，我慌了。

「怎麼好端端的哭了呢？」

「男朋友欺負妳嗎？」

「還是跟家人鬧翻了？」

「太遲了……太遲了……」女孩喃喃地說著。

接著，女孩不停地哭，一把鼻涕一把眼淚的，看得我心裡也跟著發酸。

「乖乖，別哭了。」

雖然我不知道女孩發生了什麼事，不過這件事一定令她很痛苦。

「唉，不哭喔。」我伸出手，試著抹去掛在女孩臉上的晶瑩淚珠，並拍拍她的頭給她安慰。

當然，我知道這些都沒有用，但我就是情不自禁。

哭了一會兒，女孩抬起頭，望著遠方，痛苦地喚著：

「仁樵……」

看著她，不知怎麼地，我的心隱隱痛了一下……

1-5

在公車亭哭了許久，車來了，我趕緊抹乾眼淚，上了車，前往醫院。

醫院，一個讓人體悟生老病死、人生無常的地方，有人因獲得新生命而喜悅，有人因逝去親人而悲傷。病床前，有全家人齊心協力共渡難關，亦有全家人為了爭奪遺產而吵得面紅耳赤，令人不勝唏噓。

這裡，看透生死，看透人性。

可以的話我一點也不想踏進醫院，這裡充斥著消毒水的味道，人性的黑暗面不僅令人作嘔，家屬的眼淚、肝腸寸斷的哭喊聲，更是令我難過得鼻酸。

快步走進醫院，按下六樓電梯，正要邁進仁樵病房時，隔壁病房傳來淒厲的哭聲。停下腳步，從半掩的房門往內瞧，只見醫生不斷地搖著頭，旁邊一位中年婦人則不停地抹著眼淚。

我豎起耳朵仔細聽，醫生說：「張太太，人死不能復生，請節哀順變。」

張太太泣不成聲說：「怎麼會……明明……明明……前幾天還……還……好好的……怎麼會突然……」越說表情越是糾結，突然，叩的一聲，張太太跪在醫生面前，

拉著醫生的衣角，不斷地磕頭：「醫生，我拜託你，你一定要救他，請你救救他……要多少錢我都可以給你，求求你……」

醫生嘆息，把婦人拉起身，搖著頭表示愛莫能助，張太太哇的一聲哭得更厲害，轉身趴在死者身上說：「你走了我該怎麼辦？你怎麼捨得拋下我們母子三人……快醒過來呀你……」說完便用粉拳不停捶打著床上死者。

旁邊兩個小男孩抱著媽媽的腿，跟著哭了起來，其中一個看起來約莫六歲大，看著媽媽傷心的模樣，還安慰媽媽說：「嗚嗚……媽媽不哭，都是爸爸壞壞，才害媽媽哭哭……」而另一個看起來年紀更小，他一邊哭一邊卻直喊著要吃糖：「糖糖，我要吃糖糖……哇……」整個病房亂成一片。

我感慨萬千，鼻酸了起來。

帶著沉重的腳步走進仁樵病房，坐下，握著仁樵的手，我難過地對仁樵說：「仁樵，隔壁的張先生突然走了，張太太哭得很傷心，你聽見了嗎？」

看著沒反應的仁樵，我繼續說：「其實我們算是幸運的，至少我們還有希望……至少……」

「嗨，我跟漢文來探望仁樵啦！」背後突然傳來妤茜的聲音，轉頭一看，妤茜和漢文出現在門口，手裡提著籃水果及一束蘭花。

放下手上東西，好茜立即衝上來擁抱我說：「琴，妳沒事吧？妳可把我們給擔心死了。」

我微笑答：「我沒事，好得很。」說完視線正好迎上一旁漢文銳利的眼神，我心虛的撇開頭，躲避他的注視。

漢文把好茜拉開，粗魯地將我轉開的頭給扳正，憤怒地說：「很好？臉頰、眼窩都凹陷，嘴唇發紫、臉色蒼白，這樣叫很好？」第一次看到漢文這麼憤怒的模樣，我嚇了一跳，吶吶地半晌說不出話來。

好茜看氣氛不對，趕緊出來圓場，她對漢文說：「你別責備琴，她已經很努力了。」說完回頭又對我說：「妳不知道啊，漢文這幾天急得直跳腳，當他知道妳關在房裡不出來時，他每天……」

「妳閉嘴。」漢文目光犀利地瞪著好茜，好茜吐吐舌便住嘴。

漢文回頭看著我，放柔聲音說：「琴，我知道妳為仁樵的事感到痛苦，但妳應該振作起來了……」見我不發一語，他繼續說：「妳該努力去過新的生活，而非一味沉溺在悲傷的情緒中，妳這樣會讓伯父、伯母，還有我們大家都擔心的，妳知道嗎？」

我點點頭，像隻溫馴的小貓。

漢文又說：「照顧仁樵的事，我們都可以輪流幫忙，妳千萬不要都攬在自己身上，也不要一個人將心事悶在心裡。難過的時候可以找我們說說話，孤單的時候我們也都非常樂意陪妳，我們會在妳身邊，陪妳一起渡過的。」

我點著頭，淚水又在眼眶打轉。強忍著淚水，不想在他們面前掉淚，但還是躲不過漢文的眼睛，他拍拍我的頭說：「如果妳想哭，就哭出來吧，悶在心裡是很痛苦的。」

我忍不住，依偎在漢文懷裡哭了好一陣子……

＊＊＊

一個月後。

這天，颱風天，外面下著滂沱大雨，稀哩嘩啦的雨聲令人心煩，陣陣強風更是將門窗給吹得吱嘎作響，令待在屋裡的人不由得膽顫心驚，深怕一個不小心門窗就給吹掀了。

颱風天，留客天，待在家裡最好，但今天卻是仁樵的生日……

「我要去醫院。」我瞪著擋在門口的父母，堅決地說著。

父親惱怒說：「妳瘋了?不要命了嗎?」

母親跟著說：「小琴，等颱風走了再去醫院吧，妳看外面風大雨大，現在出去很危險妳知道嗎?」

「我要去醫院。」我邊說邊朝門口逼近。

父親怒吼：「我不准妳去！妳敢給我走出去妳試看看！」說完轉頭命令母親：「把她給我帶上去，給我好好的看著。」母親為難地過來拉著我。

看著母親哀求的眼神，以及父親插著腰一副氣呼呼的模樣，我突然安靜地低下了頭。

「我知道了，我回房去。」說完我便自個兒轉身上樓。

父母親見我打消念頭，鬆了口氣，離開門口走回客廳。我趁他們鬆懈沒注意，瞬間轉身從樓上衝了下來，並一口氣衝出家門。

背後傳來父母親的聲聲呼喚，但隨著我的快步奔離，聲音便逐漸淹沒在狂風暴雨中……

淋著雨，孤獨地在街上奔馳著，跑著跑著，我越跑越慢。豆大的雨滴，就像橡皮筋一樣，不斷的打在我身上，痛歸痛，但一點也比不上心痛的感覺。強風無情的迎面吹來，將我吹得站不穩腳步，但我還是咬緊牙根撐下去。原本走一下就會到的公車亭，突然變成了遙遠的王國。

樹葉被狂風吹得漫天飛舞，招牌也被吹得搖搖欲墜，雨水沿著路旁的排水溝流去，排水溝儼然成為一條湍急的小溪，隨時都有暴漲的可能。

我好害怕，心臟不停怦怦跳著，但只要一想到仁樵，我就又鼓起了勇氣，使我得以

意外

在狂風暴雨中繼續前進。

爸、媽，對不起……我又任性了一次，因為今天是仁樵的生日，每年的今天，我們都是一起渡過的，我們說好了要一起渡過的……你們定笑我癡，笑我傻，但人不痴狂枉少年，沒有一段刻苦銘心的愛情，又怎麼能說是體驗過人生呢？你說我這是謬論也罷，是強詞奪理也罷，總之，我愛得真真切切，即使成了愛情的俘虜，即使成了愚不可及的愛情傻瓜，無悔……

被雨打到眼睛快睜不開，全身的衣服濕了再濕，身子是冷的，手腳也冰了，最後總算是到了公車亭。我喘口氣，走進公車亭，只見上頭電子看板顯示著：

「因颱風關係，公車全面停駛。」

我苦笑著流了淚。

徐徐走到馬路中央，我攤開雙手，捧著雨水，仰著頭，閉上雙眼，讓大雨不停地沖洗著我，臉上交織著不知是雨水還是淚水……

過了十多分鐘，一輛黑色汽車急駛而來，停在我身旁。

車上一條人影竄至我面前，此時的我已意識恍惚，身子搖搖欲墜。我盯著人影猛瞧，是仁樵嗎？我努力聚焦我的視線，喔……原來是漢文。

漢文淋著雨，用溫熱的雙手為我撥開覆蓋在額前的髮絲，捧著我蒼白的臉龐，為我抹去臉上的雨水及淚水。只見他嘴巴動呀動的，似乎在說些什麼，但雨聲太大了我聽不見，接著我便被他給帶進了車內。

一上車，一條乾淨的毯子，迅速裹住我的身軀。好溫暖……但不知怎麼的，我頭好暈……而我的身子正不斷地顫抖，牙齒也不停地打著哆嗦。

我好冷……好冷……

不知不覺間我又失去了意識……

意外

1-6

自從第一次遇見身上散發著茉莉花香的女孩後，這一個月來，女孩每天都會到這來搭公車，每次她總會佇立在人行道上，紅著眼眶呆呆地望著十字路口，就這樣靜靜地注視許久後，才緩緩地搭上公車離去。

不知不覺間，我，被制約了。

期待看見她的身影，嗅著她身上的茉莉花香，在一旁默默地安慰她，靜靜聽她泣訴呢喃，雖然我知道自己這樣做很蠢，但，我願意。

難道這就是一見鍾情嗎？否則為何每次見到她掉淚，我便心如刀割般地萬般難受。

愛情呀……

不知我活著的時候，有沒有談過戀愛？有沒有人正為我掉著眼淚……

茉莉花女孩，因為不知道妳的名字，所以我稱妳為茉莉花女孩。當妳男朋友的人真幸福，怎麼會有人捨得讓妳難過流淚呢？妳每次口中不斷唸著的名字，應該是妳男朋友吧！這可惡的傢伙，居然讓妳這麼難過，他真該死！

「如果讓我看見那個叫『仁樵』的傢伙，我一定幫妳揍他。」我對女孩說。

「希望妳趕快恢復快樂笑容。」說完我吻了吻女孩的額頭。

妳一定要加油……

我也是……

這天，颱風天，陰風怒吼聲不斷在大街小巷中盤旋。我坐在公車亭椅上，痴望著女孩每次會出現的方向。

女孩，應該不會來了吧……

今天天氣這麼糟，我知道女孩不可能會出現了，但我內心仍有股聲音，它告訴我希望能見到女孩。

唉，好無聊。內心好空虛……

突然，遠處出現個小黑點，隨著小黑點逐漸靠近，我漸漸看出那是個人。

誰？是誰這種天氣還不要命地走在路上？

我瞇著眼仔細瞧，隨著距離的逐漸縮短，我看清楚了。

是她！

真的是她！

意外

是茉莉花女孩！

我內心短暫歡呼了一下，但隨即便被無限憂愁給籠罩。只見女孩蒼白著臉，咬緊牙根，幾乎快被風雨給折騰得不成人樣，一邊用纖瘦的手臂阻擋著風雨，一邊吃力地往這裡邁進。

我急忙奔至女孩身邊，著急地用我的手臂，試圖為女孩遮雨。但沒有用，雨水仍無情的穿過我的手臂，打在女孩單薄的身上。

我跟著女孩一路走，一路問她：「怎麼跑出來啦？」

「這樣很危險的，妳趕快回去吧。」焦急全寫在我的臉上，但女孩仍無動於衷，她走進公車亭，似乎想搭公車。

「今天公車沒開，妳趕快回去吧！」女孩似乎也發現了，苦笑得讓人心疼。

「有什麼地方妳非去不可嗎？」我好奇地望著她問。

就在我內心還在猜測的同時，女孩出神地走至十字路口中央，攤開雙手接捧著雨水，仰著頭閉上雙眼，讓雨水盡情地沖刷著她那瘦小的身子，我想阻止但我卻無能為力。

「妳站在這很危險的，如果有車來怎麼辦？」

「別再這樣虐待自己了好不好?妳這樣會感冒的。」

我極力地勸說，希望女孩能感應到，進而回心轉意回家去，但她卻固執如牛，不斷地淋著雨。不久，她臉上露出了糾結的表情，痛苦地在大雨中嚎啕大哭，臉上夾雜著不知是雨水還是淚水。

第一次看到女孩哭得這麼傷心，哭得這麼聲嘶力竭，哭得令人肝腸寸斷。

而我，只能默默地守在身旁，陪她一起落淚……

不知過了多久，一輛黑色汽車急駛而來，我深怕女孩會被撞到，挺身站在她面前護著她，但車子在輪胎發出打滑聲音後，便在女孩身旁停了下來。

車內竄出一條人影，淋著雨，站到女孩面前。

是個戴著粗框眼鏡，文質彬彬的男孩。

「你就是仁樵？」我不客氣地問。

「你知道她為你哭了一個月了嗎？你知道她為了你，有多傷心多難過嗎？你還算是個男人嗎？混帳！」我越說越氣，拳頭不由得緊握起來。

只見男孩為女孩撥開額前的髮絲，輕捧著女孩蒼白的臉龐，為她抹去臉上多餘的水珠，看在我眼中很不是滋味。

因為他做了我想做，卻又做不到的事。

我突然感到一股深切的悲哀……

我鬆開拳頭，頹然說：「你快點帶她回去吧……」接著，我威脅男孩說：「趕快把你們之間的誤會解決，讓她恢復以往的笑容，聽見沒有？你聽清楚沒有？如果再讓我看到她傷心的模樣，讓我再看到她掉任何一丁點的眼淚，我一定會……我一定會把你……」

我語塞。

因為我也不能對他怎樣……

悲哀的情緒頓時又湧了上來……

男孩嘴巴一直動呀動的，似乎在說些什麼，但我卻聽不清楚。我只聽見男孩喚女孩一聲「琴……」之後，然後就再也聽不見了，原來茉莉花女孩的名字叫琴呀……

不久，男孩將女孩帶進車內，發動車子，在大雨中逐漸離去。

我望著那一路遠離，逐漸閃爍消逝的車尾燈，仍不死心的在後頭大喊著：「你一定要給她幸福喔！」

嘩啦啦雨聲大到自己的聲音都快聽不見。

茉莉花女孩，妳，一定要幸福喔……

第二章 神秘客

2-1

自颱風天淋了一身濕，回家後我便高燒不斷，身體像快燃燒起來似的，好難受。在神智不清的情況下，我嘴裡仍喃喃唸著：「仁樵，生日快樂……」

恍惚間，我彷彿回到仁樵去年生日那天……

「把眼睛閉起來，我有個禮物要送給你。」我將禮物藏在身後，神秘地對仁樵說。

仁樵眉開目笑地問：「今年又是什麼禮物呀？等等，讓我猜猜，嗯……」他偏頭開始思索起來：「是蛋糕？」

我微笑地搖搖頭。

「是手錶？」

這次我得意地說：「錯，又猜錯了，嘿嘿，你絕對猜不到的。」

仁樵歪著腦袋，皺著眉、托著下巴想了又想，突然他不懷好意地笑著說：「該不會……是情趣用品吧，唉唷，琴，想不到妳還真色呢！」

我紅著臉說：「你在胡說什麼，我才不會送你那種東西呢！」

「喔？不然會是什麼？」仁樵好奇地問。

「總之呢，你閉上眼就對了。」

「嗯。」仁樵笑著將眼睛閉上。

立刻，我踮起腳尖，將我花了一個禮拜，不眠不休所織成的天藍色圍巾，圍在他脖子上，並繞了兩圈。

「這是？」仁樵摸著脖子上的圍巾，睜開眼。

「怎麼樣？喜歡嗎？」我滿懷期待的看著仁樵的反應。

仁樵露出潔白牙齒，給我一個大大的微笑：「當然，我超……級喜歡的，妳怎麼會想到要送我圍巾？」

「呵呵，還不是有人看到別人女朋友送的圍巾，露出一臉羨慕的模樣。」

「可是妳不是說妳手工藝很差，怎麼會……」

「是很差沒錯呀！但只要有決心的話，還是可以辦到的，哼，你可別小看我！」

仁樵看著我溫柔地笑了笑，隨即低頭仔細端詳起圍巾，他說：「這條圍巾真暖和，而且還是我最喜歡的天藍色，不過……這圍巾似乎有點長耶！」

我笑說：「這樣才好呀！脖子比較不會冷，而且，還可以這樣……」我立即將圍巾的一端繞在自己脖子上，頑皮地說：「我們還可以圍同一條圍巾，這樣……你可就離不開我了！哈哈。」

仁樵恍然大悟：「喔喔……原來這才是妳的目的呀！哼哼，告訴妳，誰離不開誰還不知道呢！」說完便邁開步伐，大步地往前走。被同條圍巾纏住的我，被迫讓他拖著走，圍巾把我給勒得臉紅脖子粗，差點喘不了氣。

「別……別鬧了你。」我努力掙扎。

好不容易鬆開脖子上的圍巾，我立即追打他。

仁樵笑嘻嘻說：「哎唷，好痛。我下次不敢了啦！妳這樣虐待壽星對嗎？」

「我不管，誰叫你要欺負我。」我繼續追著。

仁樵輕巧地躲來躲去，蠻不在乎地說：「來呀來呀，妳追的到我嗎？」

追了許久，追得我氣喘吁吁，上氣不接下氣，終於我站定身，佯裝生氣說：「好啊，你再跑，哼，你再跑我就不理你了！」說完我背過身不理他。

仁樵語帶歉意地靠近我說：「好嘛好嘛，妳別生氣啦！」

我一把轉身抓住他說：「哈哈，我抓到你了吧。」

「好吧，算妳厲害，今晚看妳想怎樣我都任妳宰割，不過……妳可要對我溫柔點喔！」仁樵語帶曖昧地說完後，還對我眨眨眼，挑了挑眉。

我嗔怒道：「你無聊、變態、色情狂。」說完，我們互看一眼，彼此哈哈大笑。

笑了好一會兒，笑聲逐漸停止，仁樵轉而認真地說：「琴，真高興每年都有妳陪在我身邊，陪我一起過生日。」

我笑道：「那是當然的嚕，你生日我怎麼可能會缺席，我每年的今天可都要陪在你身邊呢……」

「你生日我怎麼可能會缺席……

每年的今天我都要陪在你身邊……

我都要陪在你身邊……」

唔，原來是夢。

我醒了，發現自己正滿頭大汗。

聲音，像不斷倒帶的收音機，不停在我耳邊迴響著。

一睜開眼，便聽見母親興奮地喊：「啊，醒了，終於醒過來了！」

馬上，大家的臉孔一一出現在我眼前，有我爸媽以及……漢文！

母親關心地問：「小琴，妳現在有沒有覺得怎樣？身體有沒有哪裡覺得不舒服？」

我虛弱地搖著頭說：「沒有，但我怎麼覺得肚子好餓。」說話的同時，我肚子也發出了咕嚕嚕的聲音。

母親微笑說：「當然餓嚕，七天沒吃飯了，能不餓嗎？」

我驚訝：「什麼！」

母親解釋：「妳已經昏迷七天了，妳不知道嗎？那天妳回來之後，就不停地發著高燒，天呀！三十九度耶！可真把我跟妳爸給嚇得半死。」

回想起颱風天的瘋狂舉動，強烈的罪惡感立即湧了上來，我低頭懺悔：「對不起，我又任性了……」

在一旁原本沈默的漢文，突然憤怒地開口說：「妳也知道妳錯了？妳知道那天因為妳的任性，讓伯父因此心臟病發住進了醫院，差點妳就再也見不到他了，妳知道嗎？」

我吃驚地看著爸媽詢問：「這是真的？」

父親沉著臉不發一語，母親則僵硬地點了點頭。

我望著父親，難過得眼淚迸了出來，我哽咽地道歉：「爸，對不起……是我不孝……」

漢文冷著臉繼續說：「幸好妳爸在送醫後，過幾天便沒大礙，不過可就累慘妳媽了。她一面又要照顧自己的丈夫，一面又要照顧高燒不斷的女兒，這幾天可把她累得不成人形，妳有考慮過她的感受嗎？妳有在乎嗎？」

我看著一旁憔悴的母親，心中更是大慟，哭得更加難過。

「而我呢？當我打電話到妳家，知道妳不顧一切跑出家門的時候，妳知道我有多焦急、多緊張嗎？我開著車在風雨中尋找著妳，差點被一棵大樹砸到？差點發生車禍，妳知道嗎？就因為妳的任性，我們大家都要為妳受害難過，而妳呢？妳看看自己，還是依然故我……」漢文頓了頓繼續說：「妳在電話中口口聲聲跟我和好茜保證過什麼？妳保證不會再讓我們擔心，如今呢？妳的保證在哪裡？妳還值得我們信任嗎？」

最後，漢文目光複雜地看著我說：「琴，妳實在太令我們失望了……」

我心中頓時又抽痛了一下。

漢文從沒這麼兇過，也從來不曾一口氣說這麼多的話，他會這樣，一定是我太讓他生氣了，我真自私，真過分！我難過得掩面哭泣，我知道我對不起大家，沒有臉見眾人，我……我……

我哭著解釋：「對不起，對不起，那天我只是……只是因為那天是仁樵的生日，所以我才……我才……」

母親拍拍我的背，安撫我說：「我們明白，妳別再說了。小琴，妳別怪漢文這麼兇，自妳發燒以來，他已經請假一個禮拜沒去公司上班，天天幫我照顧著妳。否則我一邊要照顧妳，一邊又要照顧妳爸，早就心力交瘁了。」

漢文他……

原本在旁一直沈默的父親，終於出聲說：「醒來就好，以後……別再這樣了……」
我聽了，掩面哭得更加難過。
漢文嘆了口氣，將我摀著臉的雙手給硬是拉開。
不要不要，我現在一定哭得很醜，而且我也沒有臉見大家。我想再用手把臉給遮起來，但漢文卻不肯放開我的手，他霸道地說：「我不准妳躲起來哭泣，不准妳以後再做傷害自己的事情，妳聽見沒有？以後，我會守著妳的……」
「你剛剛……說什麼？」我愣了愣。
我有聽錯嗎？他剛剛似乎說他要守著我……
但漢文卻說：「我說我不想再見到妳哭泣了，妳聽見了沒？」不是不是，你剛剛不是這樣說的，但我卻問：「為什麼？因為我哭得很醜，是嗎？」
「不是。」漢文搖頭，溫柔地凝視著我說：「因為，妳的眼淚會讓我心碎……」
突然，我覺得心中的某一塊似乎被觸動了一下……
就這樣，這件事就在我不斷地懺悔及哭泣中落幕了。
＊＊＊
在家休養了兩天，我的體力總算恢復，氣色也好許多。

隔天一早，我便出門去探望仁樵，有好多天沒見，不知他現在怎麼了？

一如往常，走到公車亭搭上公車，到了醫院，進了病房。病房裡只有仁樵一人，他依然靜靜地躺在那，像個沉睡的睡美人，只不過他不是美人，而是我的王子。

我深深吸了口氣，在內心為自己加油：「加油，楊琴，妳一定要振作起來，不可以隨便哭泣。嗯，加油！」

我在仁樵身旁的椅子上坐了下來，輕握住他的手，望著他的側臉，歉疚道：「仁樵，對不起，我已經有好多天沒來看你了，今年我沒有陪你一起過生日，對不起……」忍住想哭的衝動，我繼續說：「你一定想知道我發生什麼事了？怎麼這麼多天沒來看你？生日那天也沒出現？對吧？」

「那天，你生日那天，我努力想來見你，但颱風來攪局，讓我沒法到醫院來。後來我在路上暈倒了，發了高燒，昏迷了七天，所以直到今天才來看你，你可別生氣喔！」

「你看，我帶了生日禮物來給你。」

我從口袋裡摸出一條幸運手環，拿在仁樵面前搖晃說：「這條手環是我編的，希望能帶給你幸運，讓你早日甦醒過來，來，我幫你戴上。」

我將手環繫在仁樵左手手腕上。

戴好手環，我微笑地看著仁樵繼續說：「你放心，我沒事。而且我想通了，我不會再這樣動不動就哭哭啼啼，也不會再做出讓你們大家擔心的事。我會堅強，直到你甦醒的那天，你會看到一個健健康康，笑容一如往常的女孩在等著你……」

「還有，以後我不會再每天來探望你。畢業這麼久了，我也該去找份工作，試著養活自己，總不能老是巴著你和我爸媽……但，有空的時候，我還是會常來看你的。以後來的時候呢，我會告訴你我的新工作、新朋友，還有現在發生了什麼國家大事呀、新鮮資訊的，我想你應該還是聽的到吧！」

最後，我緩緩說：「仁樵，我愛你。你一定要醒過來……」

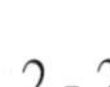

2-2

自那次颱風天後，已經過九天了，但茉莉花女孩始終沒有出現。

「不知她怎麼了？」我望著天空兀自發呆。

也許她和她男朋友已冰釋前嫌，於是她不再出現……

心裡有種淡淡的失落。

也好，這樣也好……

這樣她就不用再哭泣了。

但是，她還是可以出現呀？她可以讓我看看她恢復快樂後的笑容，她笑起來一定很甜美、很迷人，可是，她並沒有出現……

我的心情忽上忽下，忽而開心忽而失落。

還是，她出了什麼意外？所以沒辦法出現？

想到這我又緊張了起來。

唉，我只知道她叫琴而已，其他的我什麼都不知道。如果我知道她住在哪，我就可以去看看她，也不用自己一個人在這胡思亂想了，唉……

想念，好想妳……

妳現在到底在何方……

＊＊＊

隔天一早，茉莉花女孩終於出現。

在看見女孩出現的那一瞬間，我總算明白自己的心，原來我已經愛上了妳，原來這種酸甜苦澀的滋味叫做愛情。

我露出晴天般的笑容，跟在女孩身邊。

「嗨，好久不見，妳今天氣色看起來不錯喔！」

「妳那天回去後沒事吧？跟男朋友的誤會解決了嗎？」

「琴，妳叫琴對吧！我以後也可以這樣叫妳嗎？」

「不說話就是答應嚕！呵呵，琴，可愛的琴……」

我春心蕩漾似地直喊著她的名字。

不久公車來了，琴上了車。這次，我決定了解琴要去的地方，我想更加了解她，於是我也跟著上了公車。

經過二十分鐘的車程，下了車，一棟米白色的建築出現在眼前。我跟著琴，心情愉悅地四處瀏覽著。

「咦？這裡不是醫院嗎？」

「妳在這上班呀？」

跟著琴走進醫院，上了電梯，走進病房。

「原來妳來探望病人呀？妳……」

突然間，我震懾住。

我的眼睛瞪得好大好大，我看著床上那張和我一模一樣的臉孔。我說過我怎麼可能忘記自己那帥氣的臉龐，所以我瞪著床上的人，驚訝地久久發不出聲音。

啥？這怎麼回事？

躺在床上的人……是我？

是我！

居然是我！

我的思緒突然亂成一團，躺在床上的人是我，沒有死，那站在這裡的我又是誰？該死，這到底是怎麼回事啊？

眼見琴坐了下來，對躺在床上的我說：「仁樵，對不起，我已經有好多天沒來看你了，今年我沒有陪你一起過生日，對不起……」

「什麼！原來我就是『仁樵』，那個害妳傷心流淚的混蛋就是我！」我覺得頭昏昏腦脹脹的，像是快爆炸一樣。

琴繼續說：「你一定想知道我發生什麼事了？怎麼這麼多天沒來看你？生日那天也沒出現？對吧？」

「我的生日？這是怎麼回事？」我猶如跌入五裏雲霧中。

「那天，你生日那天，我努力想來見你，但是颱風來攪局，讓我沒法到醫院來。後來我在路上暈倒了，發了高燒，昏迷了七天，所以直到今天才來看你，你可別生氣喔！」

「原來如此！原來是這麼一回事，妳是為了我才……」

我想起颱風那天，在公車亭見到琴時的情景。想到她在大雨中痛哭失聲的模樣，我便心如刀割。我心疼地伸出手摸摸她的頭，突然我又聞到那股熟悉的茉莉花香。

原來，我會遇到妳，這一切並不是偶然。

我輕聲說：「妳不用自責沒有陪我過生日，事實上那天我們已經聚在一起了，只是妳不知道而已……」

「你看，我帶了生日禮物給你……」琴從口袋裡摸出一條幸運手環，拿近躺著的我面前搖晃：「這條手環是我編的，希望能帶給你幸運，讓你早日甦醒過來，來，我幫你戴上。」說完將手環繫在我左手手腕上。

戴好手環，她微笑地看著躺著的我說：「你放心，我沒事。而且我想通了，我不會再這樣動不動就哭哭啼啼，也不會再做出讓你們大家擔心的事。我會堅強，直到你甦醒的那天，你會看到一個健健康康，笑容一如往常的女孩在等著你……」

我紅著眼眶對琴說：「妳這個傻瓜，以後我可不允許妳再這麼做了，妳要健健康康、快快樂樂地過生活，即使沒有我在妳身邊……」

「還有，以後我不會再每天來探望你。畢業這麼久了，我也該去找份工作，試著養活自己，總不能老是巴著你和我爸媽……但，有空的時候，我還是會常來看你的。以後來的時候呢，我會告訴你我的新工作、新朋友，還有現在發生了什麼國家大事呀、新鮮資訊的，我想你應該還是聽的到吧！」

我情緒激動地握著琴的手說：「當然，我當然聽得到，我會在妳身邊一直陪著妳，一直守候著妳的。」

雖然一切的事情，我都還沒來得及弄懂，但有一點我很肯定，那就是原來害她難過的人，就是我……

我這個笨蛋，天下第一大蠢蛋！

難怪，我會被她吸引……

難怪，對她，我有種熟悉的親切感……

難怪，她流淚的時候，我會難過、會心痛……

最後，琴緩緩說：「仁樵……我愛你。你一定要醒過來……」

不知怎麼的，我的心好痛，好痛……

2-3

我找到一份工作，是在外商公司上班。今天是上班的第一天，踏進辦公室，一切是那麼樣的新鮮，有自己一份工作的感覺真好。

忙碌的一天過去，我看看錶，收拾桌上凌亂東西，準備下班。

「琴，下班後大家要一起去吃個飯，妳要不要去？」坐在我隔壁的芷蘭站在我身後問。

「不了，我今天有事，改天吧。」

「有事？和男朋友約會喔？」芷蘭笑得曖昧。

「嗯，對呀。」

芷蘭突然搖晃起腦袋，哼起歌來：「甜蜜蜜，妳笑得甜蜜蜜，好像花兒開在春風裡……開在春風裡……」幾句唱罷她笑說：「好好唷妳，真讓人嫉妒呢！下次帶他來，大家一塊吃個飯吧。」

我苦笑說：「那我先走了，掰掰。」

敷衍帶過後，我趕緊離開公司，到醫院探望仁樵。

一到仁樵身邊，我便開心地說：「我跟你說喔，今天第一天上班，主管和同事們都很好相處，對我也都很好，不懂的大家都會耐心教我。我還認識了幾個新同事，她們都誇我年輕漂亮呢！呵呵。」

「坐在我隔壁的同事，她叫芷蘭，她呀……還有啊，我的老闆他二十七歲就開了這家公司，很厲害吧！他呀……」

看我高興得，一口氣說太多了，有點口乾舌燥。我起身給自己倒了杯水，一飲而盡後繼續說：「他們呀，對我這新同事非常好奇，問了我一大堆問題，包括叫什麼名字啦？住哪呀？有沒有臉書？有沒有男朋友之類的？劈哩啪啦一大堆。」

我頓了頓，溫柔地看著仁樵說：「當然嚕！我告訴他們，我已經有男朋友了，結果你知道嗎？他們又把好奇心轉移到你身上，對你身家調查了一番，弄得我哭笑不得。還有啊，我們一起合買的兩隻黃金鼠安安及佳佳，其中一隻安安突然死掉了！只剩下佳佳一個人，好孤獨喔……」我有點感傷。

但隨即我便提起精神說：「沒關係，改天我再買一隻老鼠來陪佳佳，這樣牠就不會孤單了！不會……孤單了……」

「對了，你還記得情人橋上的約定嗎？你一定要遵守約定喔，所以你……」

一陣敲門聲傳來，緊接著門被打開。

是漢文。

漢文一見到我便說：「我就知道妳今天會來探望仁樵。」

「你怎麼會知道？」

「因為妳只要一發生什麼大事，就會迫不及待跑去跟仁樵報告，所以我猜今天第一天上班的妳，一定會到醫院來。」

「是這樣嗎？」我一臉尷尬。

「是。」漢文認真地看著我。

被他看得心臟怦怦直跳，我馬上轉移話題：「今天好茜怎麼沒來？」

「她今天要加班，所以就不能奉陪了。」漢文挑眉問：「怎麼？害怕和我獨處嗎？」

腦中突然回想起漢文對我說過的話：

「我不准妳躲起來哭泣，不准妳以後再做傷害自己的事情，妳聽見沒有？」

「以後，我會守著妳的……」

「因為，妳的眼淚會讓我心碎……」

難道他對我……

是嗎？

我紅著臉說：「我……我才不怕呢！我幹嘛要怕你？你會吃人嗎？更何況這裡還有仁樵呀……」嘴巴上雖這麼說，但我還是有點緊張，也不知道自己在緊張啥勁。

漢文微笑不語，換個話題問我：「吃晚飯了嗎？」

「啊，我忘了！」我吐吐舌。

「妳呀，吃飯這檔事也可以忘記，真服了妳，拿去……」漢文將手上提著的袋子遞給我。

「這啥？」

「便當。」

「這是你的晚餐嗎？不行，我不能吃你的晚餐。」我搖頭，將袋子遞還給漢文。

「我已經吃飽了，這個便當是買給妳的。」

「你怎麼連我沒吃飯這件事都知道？」我滿臉驚訝。

漢文用深邃的眼眸望著我說：「我對妳的瞭解，比妳想像中還要多，現在……妳總算看的見我了嗎？」

這句話是什麼意思？

難道是真的！漢文，你真的對我……

全身一股燥熱，我想我一定是臉紅了，我趕緊躲開漢文的注視，將頭垂得低低的。

「肚子不餓嗎？趕快趁熱吃吧！」

「呵呵……對耶！被你這麼一說，我肚子真的餓了。」用微笑化解尷尬，我趕緊坐下打開便當，狼吞虎嚥地吃了起來，邊吃邊將頭給埋得低低的。

就在猛扒飯的同時，我也豎起耳朵注意著漢文的動靜。

咦？好安靜，漢文在做什麼？

不敢直視他的我，只好用眼睛偷瞄，這一瞄正好迎上他那熱情的雙眸，我趕緊將視線拉回，繼續瞪著便當裡的半顆滷蛋，一顆心七上八下地狂跳著。

天呀，嚇死我了，幹嘛一直盯著我看。

「琴……」

漢文的聲音使我身子陡然一震，但我還是故做泰然地說：「嗯？」

「琴，我……」只見漢文一副欲語還休的模樣。

不會吧……

我屏息以待，一顆心簡直快跳了出來。

「我會代替仁樵照顧妳的，妳願意給我機會嗎？」

差點被嘴裡的飯菜噎到，我難以置信地望著漢文說：「什麼？你的意思是說你對我……你對我……」

「嗯，我喜歡妳。」

我不知所措，只能裝傻說：「呵呵，我也很喜歡你和妤茜呀，你們都是我的好朋友……」

漢文認真且堅決地說：「不，我對妳不只是朋友之間的那種喜歡，打從一開始妳的笑靨便佔滿我整個心房。隨著日益相處，這種感覺就像野火一樣，不斷地燃燒、滋長，但偏偏妳心中已經有仁樵了。你們兩個都是我的好朋友，所以我只能將這段情感冰封在心底，原本打算將這個秘密一輩子埋藏在我心中……」

「我一直在妳身旁默默地守著妳、陪著妳，陪妳挑選要送仁樵的禮物，聽妳開心說著仁樵的大小瑣事，吵架時充當你倆的和事佬。只要見到妳笑，我便心滿意足。」漢文苦笑。

回想漢文為我所做的點點滴滴，我心中百感交集。

漢文，你一定很痛苦吧……

我卻像個笨蛋一樣，居然沒有察覺到你的心意，還拉著你盡做些傷害你的事，我真是愚蠢！

原來你只有對我才這麼好，而我卻渾然不覺……

忽然，我想起妤茜說過的話，我恍然大悟說：「原來妤茜早就知道了。」

「嗯，她有勸我把妳忘記，但感情不是說放就可以放的。我努力過，也失敗了，我無法輕易將妳從我腦海中抹去……」

漢文頓了頓，繼續說：「我知道這樣似乎有點趁人之危，妳也許會認為我很卑鄙，但我實在受不了了……颱風那天，我在大雨中尋找著妳的身影，焦急的我內心就像有千百隻螞蟻在啃噬著，那時我才明白妳在我心中的分量。看著妳佇立在大雨中傷心落淚的模樣，我的心整個糾結在一起，原本冰封的情感也在那一刻瞬間融化。我想保護妳，想好好照顧妳、呵護妳，儘管我不是妳所愛……」

聽見漢文的真情告白，著實令我動容，也令我感到益發沉重。

「琴，妳願意……」

我閉上眼，打斷他：「對不起，我的心裡只有仁樵一個人。」

漢文激動的說：「琴，妳看清楚現實好嗎？仁樵他不會醒過來的，他再也不會醒過來了，妳要自欺欺人到什麼時候？」

我摀著耳、背過身，激動地大聲說：「別說了！他會醒來的，會醒來的！」

「不可能，他不會醒來的。」

「胡說！他會醒來的，別逼我恨你，你出去，出去！」最後我是用吼的。

僵持了片刻，終於，漢文平靜地對我說：「琴，我會等妳的，等妳願意接受我的那天……」說完便轉身離開。

看著漢文離去的背影，我的淚水湧了出來。

仁樵，我該怎麼辦呢？

告訴我，我該怎麼辦……

2-4

當知道自己是誰後，我天天守在琴的身旁，因此多少瞭解一些關於我自己的事情，包括我成了植物人的事實。

每次我總是絞盡腦汁試圖回想我的過去，但總是想不出個所以然。知道自己還沒死，著實讓我鬆了一口氣。但看著躺在床上的自己，那種五味雜陳的感受，也讓我無法開心起來。

我沒死，所以我是個靈魂？這倒解釋了為什麼大家都看不見我，也聽不見我的疑問。不過，為什麼我的靈魂會脫離我的軀體？那不是只有死了才會這樣嗎？

想破頭，仍是無解。

好吧，這樣也算是不幸中的大幸，至少我還能陪在琴的身邊，陪她哭、陪她笑。她以為自己很孤單，其實不然，我一直都在她的左右。

琴，我一直在妳身邊。

我會一直守候妳的。

一直……

這天下班，琴雀躍地到醫院來探望躺在床上的我。

一進房門，她便迫不及待地說：「我跟你說喔，今天第一天上班，主管和同事們都很好相處，對我也都很好，不懂的大家都會耐心教我。我還認識了幾個新同事，她們都誇我年輕漂亮呢！呵呵。」

接著，便是一連串滔滔不絕的瑣事，而我只在一旁微笑地默默聽著。

我知道，這些我全部都知道。

因為……我一直在妳身邊呀！

琴喝了口水繼續說：「他們呀，對我這新同事非常好奇，問了我一大堆問題，包括叫什麼名字啦？住哪呀？有沒有臉書？有沒有男朋友之類的？劈哩啪啦一大堆。」

琴頓了頓，溫柔地看著床上的我說：「當然嚕！我告訴他們我已經有男朋友了，結果你知道嗎？他們又把好奇心轉移到你身上，對你身家調查了一番，弄得我哭笑不得。」

雖然琴承認我是她的男朋友，讓我十分開心，但也十二萬分的痛苦。

「琴，你這個傻女孩……」不知怎麼的，我紅了眼眶。

「別再浪費妳的青春在我的身上了！我，不值得……」

看著琴臉上的笑容，我的心更痛。

正當我還沉浸在自己思緒中時，我聽見琴又說：「對了，你還記得情人橋上的約定嗎？你一定要遵守約定喔，所以你……」

「等等，約定？什麼約定？」

突然，一陣敲門聲傳來，緊接著房門被打開，是上次大雨中帶走琴的粗框眼鏡男孩。

一進門他便說：「我就知道妳今天會來看仁樵。」

琴問：「你怎麼會知道？」

接著是粗框眼鏡男孩一連串的關心，以及琴的不知所措，我一律看在眼裡。

看著他倆之間的互動，我心中莫名泛起了一股酸澀的感覺……

沒多久，粗框眼鏡男孩對琴說：「我對妳的瞭解，比妳想像中還要多，現在……妳總算看的見我了嗎？」

琴臉紅地低下了頭。

難道……

琴，難道妳對他……你們……

粗框眼鏡男孩又說：「我會代替仁樵照顧妳的，妳願意給我機會嗎？」

轟隆！有道雷電瞬間穿過我全身，將我震得失去了知覺。

我僵硬地扭動脖子，回頭緊張地看著琴的反應。

琴似乎也被嚇到，她慌張地說：「什麼？你的意思是說你對我……你對我……」

「嗯，我喜歡妳。」

琴僵硬地笑著說：「呵呵，我也很喜歡你和好茜呀，你們都是我的好朋友……」

粗框眼鏡男孩則說：「不，我對妳不只是朋友之間的那種喜歡，打從一開始妳的笑靨就佔滿我整個心房。隨著日益相處，這種感覺就像野火一樣，不斷地燃燒、滋長，但偏偏妳心中已經有仁樵了。你們兩個都是我的好朋友，所以我只能將這段感情冰封在心底，原本打算將這個秘密一輩子埋藏在我心中……」

什麼？他居然還是我們的好朋友！

我有種想吐血的感覺。

粗框眼鏡男孩又說：「我一直在妳身旁默默地守著妳、陪著妳，陪妳挑選要送仁樵的禮物，聽妳開心說著仁樵的大小瑣事，吵架時充當你倆的和事佬。只要見到妳笑，我便心滿意足。」說完便苦笑。

你……

原來你一直喜歡著琴……

我的好朋友居然一直喜歡著我的女朋友！

而我，居然沒發現！

知道這個事實讓我倍感震驚，一度我有種被背叛，被好朋友橫刀奪愛的憤恨，但沒多久我便漸漸能理解，能感同身受。

待在自己喜愛的人身邊，幫著她和她的男朋友，看著他們之間的濃情蜜意、甜言蜜語，我想一定很難受。

我的內心很矛盾，我知道自己可能一輩子再也醒不過來了，但自私的我卻想讓琴永遠只屬於我一個人，可是我又不能拉著琴陪我斷送她往後的人生。她的路還很長……很長……她需要一個活生生的男人來依靠，而唯一可以肯定的是，那個人絕對不會再是我……

不久，我聽見琴回答：「對不起，我心裡只有仁樵一個人。」

「琴……你這個傻女孩……」我內心滿滿的感動。

粗框眼鏡男孩激動的說：「琴，妳看清楚現實好嗎？仁樵他不會醒過來的，他再也不會醒過來了，妳要自欺欺人到什麼時候？」

我沉默，這的確是事實。

琴摀著耳、背過身，激動地大聲說：「別說了！他會醒來的，會醒來的！」

「不可能，他不會醒來的。」

「胡說！他會醒來的，別逼我恨你，你出去，出去！」

僵持片刻後，粗框眼鏡男孩對琴說：「琴，我會等妳的，等妳願意接受我的那天……」說完便轉身離開，留下泛著淚水的琴。

琴，看著她，我的心好痛、好痛……

為她的無悔付出感到無奈，為她的天真執著覺得嘆息。

我發現自己真的好愛好愛她。

我知道我從來沒有說過「我愛妳」三個字，我深深為此感到後悔，但千金難買早知道，再多後悔也只是徒然。若時光能重來，機會可以再來一遍，我一定……一定要讓全世界的人都知道我愛妳。

這幾天，我天天在妳耳旁說著「我愛妳」三個字，想彌補過去沒有說出口的遺憾，但聲音出得了我的口，卻進不了妳的耳。我不知道我以前是如何表達對妳的愛，我只知道我們彼此一定很愛很愛對方，愛到讓妳如此傷痛，愛到讓我看到妳蹙眉便心痛。

我緩步、黯淡地離開了病房，走到醫院頂樓。望著車水馬龍的城市，望著一望無際的天空，我覺得自己好渺小，一種無力感油然而生。

「我現在到底能做些什麼?」我問著自己。

「我讓愛我的女孩日夜以淚洗面，也讓疼我的父母瞬間一夜白髮，我……我……」我哽咽了，豆大的淚珠隨著內心長期的壓抑瞬間滾了下來，接著便如滔滔江水般不可抑止。

就這樣我哭了數十分鐘，生平第一次哭得如此淒慘，直到鼻涕淚水混成一團，我這才平復心情緩和下來。

我將雙手圈成一個圓，貼在嘴前，深深吸了口氣，向遠方大聲呼喊：「楊琴，我……愛……妳……」

「不管妳聽不聽的到，我還是要告訴妳，我……愛……妳……」

「如果妳今天聽不到，我就明天說；如果妳明天聽不到，我就後天說，我要說到妳聽的到的那一天。如果孟姜女都可以哭倒長城，那麼我也可以喊倒101大樓，如果真的有精誠所至、金石為開的一天，那麼我絕對會等到那一天的到來……」

妳聽見了嗎?琴……

「誰呀?這麼大聲嚷嚷著，到底害不害臊呀!」

突然，低沉的男性嗓音從背後傳來。

「是誰?」我驚訝地回頭，尋找著聲音的主人。

我心中亮起了一盞燈，終於有人可以聽見我的聲音了嗎？

在逃生梯口前，我看見了。

我看見一個身穿黑色斗篷，手持一把長鐮刀，鐮刀不時還閃爍著黑色鋒芒的……人？他的嘴唇是黑的，指甲是黑的，連黑眼圈也比一般人還嚴重。皮膚不僅乾皺無血色，兩顆眼球更像是道具似的掛在臉上隨風搖曳，全身散發一股陰沉的氣息，令人不寒而慄。

「你是……」

2-5

咦，剛才我怎麼好像聽見仁樵的聲音？

他似乎喊著「我愛妳」三個字。

我環顧四周，並看了看躺在床上的仁樵。

我搖搖頭，心想：「一定是我的錯覺，這是不可能的。」

唉……

想起剛剛漢文的真情告白，我不禁嘆了口氣。

漢文為什麼會喜歡我呢？

我又笨又傻，常迷路又常跌倒，難道笨笨呆呆就是他的菜嗎？雖然我長相不差，但也沒到沉魚落雁、貌若天仙的地步。漢文會喜歡我真令我大吃一驚，還以為是他的標準太高，所以才沒有看的上眼的女生，沒想到……

仔細回想，其實漢文對我真的很好，以他的條件應該有很多女生會倒追他，但他卻獨獨喜歡我這個反應遲鈍的大笨蛋。而我卻早已名花有主了，如果沒有仁樵的話，也許我會喜歡上他吧！但是，問題就在於我心裡只有仁樵一個人，已經容不下其他人了。

漢文，對不起，我心裡已經有仁樵了。

對於你為我所做的一切，我很感動，謝謝你……

我很喜歡你，不過，只停留在朋友階段的那種喜歡。

我還是會把你當成我的好朋友，希望你能體諒我的心情……

終於，想了好幾天，我準備好這套說詞。

我真的沒有辦法忘記仁樵，轉而接受漢文。而我又害怕漢文真的會一直等我，於是我擠盡腦汁，和好茜一起連夜商討，總算想出一套還可以的說詞。我打算下次以此好好跟漢文談談，讓他能夠徹底死心。

沒想到下次再見到漢文時，舌頭還是像打結似的，當我吞吞吐吐地把我練習好久的話說完時，漢文只是望著我，淡淡地說：「嗯，我瞭解。」

我鬆了口氣，露出微笑，以為可以恢復到原本的友誼。

沒想到漢文卻突然說：「我能體諒妳的心情，所以……我願意等。」

我瞪大口鼻，不敢相信地問：「你說什麼?」

「我願意等妳，等妳走出仁樵車禍的傷痛，等妳願意再次敞開心房的那一刻……」

「不可能，我是不可能忘掉仁樵的!你別等我了，不可能會有那麼一天的!」我情緒激動地說著。

我真氣，氣他的固執！

漢文說：「天下沒有不可能的事，妳明知仁樵不可能醒來，但還是願意等他。而妳卻說妳不可能忘記仁樵，要我放棄等妳？」

我啞口無言。

隔了許久，我緩緩說：「我知道，我知道他『可能』再也醒不過來……」說著我流了淚，率性抹了抹淚後，我繼續說：「對，我傻，我是很傻。我相信仁樵總有一天會醒來的，這也是我活下去的動力。可是你可以不必和我一樣傻，明知不可為而為之，自欺欺人地渡日，堅信著渺茫的希望……」

漢文抓著我的手腕說：「別說了，自從喜歡上妳，便註定是我傻的開始，為了妳，我願意。我相信妳可以走出傷痛，我會陪著妳渡過的，只要妳願意，把心交給我，我會負責帶給妳滿滿的幸福與快樂。」

漢文認真的表情，著實令我好感動。只見他又說：「現在，我等，妳等多久，我就等多久。只要妳能記得，永遠有個人在等妳就好，目前，我已經很滿足了……」

「滿足？」

「嗯，我終於對妳說出我心裡的話，不用再壓抑自己的情感，虛偽地掩飾自己的真實情緒，所以我滿足。」

最後，漢文目光灼灼的看著我說：「現在，我只需等，等妳的回應。」

真傻，漢文真傻……

但，我又何嘗不是呢？

2-6

「是誰？你是誰？」

神秘人回答：「難道你看不出來我是誰嗎？」

我慢慢靠近這個突然出現的神秘人，繞著他轉了幾圈。只見他眼珠邊骨碌碌地轉個不停，邊不耐煩地說：「喂，你是要看多久呀？該不會你愛上我了吧！」

我撩起他身上怪異的斗篷仔細瞧著，又細摸著他手上那把看似鋒利的鐮刀。

「再看，小心我把你眼珠子給挖出來！」他似乎生氣了。

我轉到他面前，小心翼翼地問：「你……是地獄的使者嗎？是來帶我走的？我死了嗎？可是，不對呀，我明明還好端端地躺在床上，這到底怎麼回事？」

「停停停，你一下子問這麼多，叫我怎麼回答？」

我搔搔頭不好意思說：「對不起啦！因為終於有人可以聽見我的聲音，我太高興了，所以一下子就問太多。」

我讓自己冷靜下來，清了清喉嚨問：「請問，你……是誰呀？」

神秘人露出陰森詭異的笑容說：「你居然不認識我？小子，你的資訊很落後喔！現在『絕命終結站』都出到第N集了，你還不知道我這個當紅炸子雞？」

我搔頭並吐舌說：「不好意思啦，我好像失憶了，所以有很多事我都不知道。」

「好吧，那我就大發慈悲地告訴你，我是……音樂請下。」

這時，原本站著他左肩上的小惡魔，突然動了起來。原先我還以為那只是個裝飾品，沒想到它居然會動，是活的。

從小惡魔身上發出了毛骨悚然的音樂，接著他瞪大眼，張大口尖叫了一聲：

「啊……」

看得我下巴都快掉了下來，這是哪門子的開場白呀？

「我……是……誰？」

旁邊的小惡魔立刻大聲回答：「他是宇宙無敵、天下第一、轟動武林、驚動萬教、天下無雙、獨步江湖、智勇雙全的……死神大人是也，請鼓掌。」

「……」

「…………」

咻嗚，一陣冷風吹過，只差沒烏鴉來喊句笨蛋。突然我覺得好像遇到精神極度不正常的病患，瘋人院跑出來的吧。

就在大眼瞪小眼，尷尬的氣氛下，那隻拿著紅色三角叉的小惡魔，又開始自顧自的唱歌熱舞起來。

我想趕快問完我的問題，趕快離開，便視若無睹地繼續問：「請問我死了嗎？」

「嘿嘿嘿，你沒死，想死嗎？我可以幫你。」死神冷笑答。

「那麼為什麼我的靈魂會在這裡？」

「因為……你沒死，嘿嘿嘿……」

「……」

我真想給他一個飛踢。

看著我火冒三丈的模樣，小惡魔拍動他身上的翅膀，飛到我身上輕點幾下，立即燃起了幾團小火球。看著燃燒的火球，小惡魔開心地叫著：「哈哈，有人冒火了，有人冒火了。」

我驚恐地看著自己身上的火球，不知所措地叫了起來：「啊！燒起來了，快，快救火，要燒死人了啦！」

死神慵懶地用他那皺巴巴的手，按著我的左肩說：「小子，跟你開個玩笑而已，可別認真唷！」說完他發出一聲震耳欲聾的吼叫，瞬間我身上的火熄滅了，頑皮的小惡魔也乖乖地回到他左肩上。

正當我還驚魂未定時，死神伸出他的右手，掌心向上，一台看似iPad的物體突然浮現。

「這是什麼？」

「這個呀……這是我們工作時所用的工具，裡面儲存著所有人的生死記錄，等於你們現在所說的大型資料庫啦！只要輸入你的資料，便會出現你所有的成長背景，以及未來會發生的事，甚至死亡原因等等。」

「這麼厲害！連未來會發生什麼事都可以知道？這樣，人生不就好像冥冥中早就註定好了嗎？我們的生老病死居然早就被安排好了，這聽來真是可笑！」我苦笑。

「不，雖然上面會顯示未來所發生的事，但未來是會改變的……」

「會改變？」

「對呀。」說完死神從螢幕畫面中，開啟一個叫做「王大偉」的檔案讓我看。

王大偉，出生於民國六十二年十二月六日。

屁股上有個梅花胎記。

天生狐臭，二十歲近視，三十歲禿頭，三十五歲結婚……

嗯，記載得非常詳盡，我迅速掃過。

這輩子只談過兩次戀愛，被發過好人卡十次。

曾因第一段感情不順，被女友劈腿，在二十八歲時企圖燒炭自殺獲救……

呃，這似乎有點慘……

我快速看到最後，死亡年齡四十五歲，死因是肝癌。

看完後我還是一頭霧水，於是轉頭問：「給我看他的檔案有什麼用意？」

死神露出他那一口黃森森的牙齒說：「原本他在二十八歲企圖燒炭自殺時，就應該要死亡的。」

「那為什麼他又可以多活這麼久？」

「因為在他快死前的幾分鐘，他不死心地撥電話給他前女友，希望能挽回她的心，沒想到……」

「沒想到什麼？」我急著問。

「他前女友只冷冷地對他說：『要死趕快去死啦，不要在那裝可憐，你這沒用的傢伙，懦夫！』」

「什麼！」

我真不敢相信，這世上居然有這麼無情的人，而且還是曾經相愛的另一半……

死神又繼續說：「當他聽到前女友這樣說時，突然間，他不想死了。他不想為這冷酷無情的人死，而且他打算活得更好。於是他的生命值瞬間增生，他用盡最後力氣打電話求救，在緊要關頭時順利獲救。自此他的人生改變了，他努力向上，並獲得第二春，也就是他的現任妻子，有了不一樣的嶄新人生。」

我還是狐疑地問：「所以，你的意思是說，我們可以憑自己的意志，選擇要不要死亡嚕？」

「也不能這麼說，譬如像是癌症末期、重大車禍、溺水、天災等，即使他們不想死，但他們終究還是會死亡，因為這些並不是他們自己可以掌控，能預料到的。而王大偉他的案例是他自己想死，原本他的求生意志是零，但後來又恢復了強烈的求生意志，所以他才沒死，他的人生也因此而改變。」

我點頭說：「嗯，我想我懂了。」

突然，我抓著死神急切地問：「說了半天，那麼我呢？我的問題都還沒解決呢！」

「對喔，你瞧我這顆腦袋，大概快掛不住了吧，哈哈！」死神拍著他那顆看似快斷掉的腦袋笑著說。

小惡魔用翅膀掩著嘴，跟著在一旁嗤嗤狂笑。

我乾瞪著眼，只能等他們笑完。

過了五分鐘，死神總算按著自己肚皮，虛弱地說：「好了好了，別笑了。」

拜託，從頭到尾都只有你們在笑好不好！也不知道這到底有哪裡好笑？

死神清了清喉嚨，開始認真說：「我們來看看你的靈魂為什麼會出現在這裡。」說完，那個看起來像iPad的東西，突然發出一道紅色雷射光，照射在我身上。不久，死神便找到了屬於我的檔案。

宋仁樵，民國七十一年生……

上課常睡覺打呼，半夜睡覺會說夢話……

每個月一號會到夜市購買大量A片回家觀看……

喂喂喂，這種無關緊要的事不用記載得這麼詳細吧！

死神和小惡魔邊看著我的資料，邊在一旁竊笑。

哼，明明牙齒都已經不白了，還在那邊笑，莫名其妙！

突然，我看到了一行字。

二十六歲時因車禍變成植物人，直到死亡皆無甦醒，享年六十歲。

什麼！我這輩子真的不會醒來了！

我有一股沉痛的悲哀……

死神見我垂頭喪氣的模樣，拍拍我肩膀說：「看開點，你沒有死，你的靈魂之所以在這裡，是因為受到車禍極大的衝擊而飛出，所以靈魂只能留在人世間徘徊，這樣你明白了吧？」

我無力地點頭，虛弱地繼續問：「那為什麼我的記憶也消失了？」

「這個我也不知道，不過消失就消失了，把它復原不就好了。」

我振奮地說：「你是說，你可以讓我恢復記憶？」

「對呀！這很難嗎？」

死神擺出一副自己很厲害的模樣。

我雙手合十，認真地請求說：「那麼，可以請您幫我恢復記憶嗎？」

「你確定你要恢復記憶嗎？或許……不要記起一切比較輕鬆喔。」

「不，我非常確定。」我面露哀求目光，只差沒擠出幾滴眼淚。

「好吧好吧，你別再用裝可憐的眼神凝望著我，這樣只會令我想吐。」死神作勢擺出快吐的模樣，小惡魔也是。

「呵呵，讓你想吐真是不好意思啊！」我陪笑著說，其實心裡暗想：「哼，你以為我願意嗎？」

沒多久，死神攤開掌心，四周突然颳起一陣旋風。旋風逐漸慢慢縮小，直到在死神的掌心上形成一顆拳頭大的黑色小球。

看我驚訝的表情，死神得意說：「怎麼樣？厲害吧！別看這顆小球不起眼，它卻可以幫你恢復記憶呢！」

「這叫什麼呀？」

「你的問題還真多，嗯……就叫它『魔球』吧！」說完他向魔球吹了口氣，魔球緩緩飄至我面前，然後瞬間變大，將我整個人給吞噬籠罩，我的四周頓時陷入一片漆黑。

接著，魔球開始轉動，原本漆黑的四周，逐漸浮現出一些影像及人說話的聲音。

出生的時候，劃破寧靜的啼哭聲……

父親開心地抱著我，對醫院裡的每個人驕傲地說：「是個男孩，是個男孩，我要當爸爸了！」

六歲爬樹時，不小心從樹上跌下來，母親心疼地安撫著嚎啕大哭的我……

一切，所有的記憶一下子都回到了我身上……

第一次遇見琴，她甜甜的微笑，她身上的茉莉花香……

我們一起買了一對老鼠，取名叫安安與佳佳，希望牠們跟我們一樣永遠在一起……

二十五歲生日時，琴親手織圍巾給我，說要和我永遠纏繞在一起……

同年冬天，淡水情人橋上，我答應琴，下雪時一定陪她回來這裡看雪……

魔球越轉越慢，影像來到發生車禍事故的前幾天……

我和妤茜、漢文討論著我的求婚計畫，他們給了我很多意見，最後我們決定在畢業典禮當晚，找家飯店來進行我們的「抱得美人歸計畫」。

漢文幫我訂了一家價格不斐的飯店，也連繫好飯店配合求婚時的演奏；好茜則陪著我一家又一家地挑選婚戒，雖然荷包失血不少，但為了琴一切都值得。

一切就緒，就待好戲上演。

那天，我異常緊張，載著琴到了飯店，好幾次都差點穿幫，不過天真的琴還是輕易被我們給呼攏過去。

正當我們要坐下時，我特意找了個藉口借故離開。先是去銀樓拿了剛出爐、內圈刻上「I love you」字樣的求婚戒指。接著，求婚怎可少了玫瑰花束，印象中自家附近十字路口轉角那家花店，他們家的花還蠻漂亮的。於是我飆著機車，火速前往。

當我買完花，準備回程時，在十字路口突然有輛卡車不知從哪急衝而來，閃避不及的我給迎面撞個正著。玫瑰花散落一地，戒指從盒子裡飛了出來，上面還沾染上我的血跡，滾進花店旁的雜物堆縫隙中，而我則倒地後昏迷不醒。

送到醫院後，父母的哭泣聲，琴的呼喊聲……

我不想再看，不想再聽了！

我大喊：「夠了！」

魔球立即停止轉動，四周也恢復漆黑，接著魔球從我身上離去，回至死神手中。

我像失了魂般，轉身默默離開，口中喃喃唸著：「明白了，我都明白了，可是我又能如何？我什麼都不能做，什麼也做不了，我只能這樣終其一生，看著大家日夜衣不解帶地照顧我。我只能看，不能做，我什麼都不能做……」

死神冷眼看著準備離去的我，忽然說：「喂，你就這樣走了呀？」

「不然我還能怎樣？」我連轉頭回答的力氣都沒有。

「是喔，既然你想走，那我也不留你。唉呀，居然有人要放棄可以甦醒的機會！呵，好吧，他想一輩子當植物人，就讓他去吧！」說完便轉身準備離去。

我精神一振，趕緊衝回去一把緊抓著死神，兩眼炯炯有神，興奮地說：「你是說……你可以幫我甦醒過來？真的嗎？」

死神撥開我的手，仰高下巴說：「我的話不說第二遍，再囉嗦就當沒這回事。」

我開心得手舞足蹈，激動地猛點頭說：「我想甦醒，只要能讓我醒過來，我什麼都願意做。」

死神冷笑說：「哼，你以為我做慈善事業嗎？當然是有代價的。」

「我知道，我需要做什麼，你儘管說。」

死神眼神銳利地盯著我說：「我要你代替我工作。」

「我要的條件很簡單，你必須代替我完成死神的工作。只要你按照名單，帶走一千個靈魂到亡靈界報到，等任務完成的那天，我就可以幫你甦醒過來。」

「嗯，沒問題，可是為什麼你願意幫我？」

小惡魔搶著回答：「還不是因為他最近工作量太多，怕自己有一天會過勞，所以想偷懶休息一下……」發現死神正惡狠狠地瞪他後，他立即住嘴。

死神對小惡魔說：「你倒是很熱心嘛，那具體的工作內容就讓你來教他啦！沒辦好的話……你就提著自己的腦袋來見我吧！」話才說完，便刮起一陣陰風，死神就這樣消失了，留下一臉驚恐的小惡魔。

「都你啦，可害慘我了！」小惡魔一副淚眼汪汪的模樣。

「好吧，是我的錯，不過你不用擔心啦，我一定會把事情完成，不會讓你受累的。」我用拇指輕抹去小惡魔眼角的淚珠。

他感激地睇了我一眼，但嘴上仍倔強地說：「廢話，你別扯我後腿就好。」

「沒問題。」我拍胸脯保證。

「既然你保證，我就姑且相信你吧，我的新夥伴。」小惡魔破涕為笑。

「夥伴，那我該怎麼稱呼你呢？」

「叫我小妖吧。」

「沒問題，小妖大人，請你多多指教。」

我倆互看一眼，接著相視而笑。

琴，不久我就可以回到妳身邊了。

雖然我很自私，但請妳再等我一下。

我一定，儘快回到妳身邊……

第三章 工作

3-1

自漢文向我告白完後，已過了半年。

這半年內，每次面對他我都沒給他好臉色看。他對我的好，我都看在眼裡，但我卻視若無睹。我希望他能知難而退，不斷地對我好只會令我難受，但他還是依然故我，不管我如何冷落他、漠視他，他仍無絲毫懼退。

我徹底失敗了，我沒辦法讓他放棄。相反的，我越是無情對待他，只令我更加地厭惡自己……

星期六下午，我的好姐妹妤茜約我喝下午茶。自我倆開始工作後，彼此可以碰面的機會可說是少之又少，常常我們只有透過電話來聯繫，但這樣還是不夠，我還是有好多好多的話想當面對她說。

約在繁華東區巷弄的一間小咖啡店裡，點上一杯熱拿鐵，配上一份酥脆可口的小西餅。兩個許久不見的女人，旁若無人的天南地北聊了起來，從生活聊到工作，再從工作聊到感情。

好茜越來越有女人味了，臉上不時洋溢著小女人才有的幸福光彩。在好奇心的驅使下，我笑著問她：「妳是不是最近交了男朋友呀？」

「我哪有？」好茜的臉頰瞬間紅了起來。

我趕緊趁勝追擊，繼續問：「還說沒有？妳臉上都寫著我在戀愛啦！」

「我真的沒有呀！妳要不要吃看看我這塊蛋糕，很好吃喔！」

「妳別想轉移話題，快說，對象是誰？否則明天我就到你們公司去問。」

好茜抓著我的手臂，扁嘴哀求說：「不要啦……大姐，我招了，行了吧？」

我笑著等她的答案。

「唉唷，是我們部門的一個同事啦！我們只是在曖昧階段，還不到交往的地步，妳可別來搞破壞。」

「喔喔……」我笑彎了嘴，開始自顧自地哼起歌來：「曖昧讓人受盡委屈……找不到相愛的證據……」

「吼，妳別鬧了！」她開始惱羞成怒。

「好好好，那妳告訴我，他長得怎樣？帥嗎？」

接著，有半個小時我們都在談論她曖昧的對象，商討著如何打破僵局，如何化被動為主動。不知不覺間，我點的熱拿鐵已經喝到快見底了。

這時，好茜突然話鋒一轉，不客氣地問：「別光只顧著說我，那妳呢？妳跟漢文怎麼樣了？還是妳另外有了新對象？」

原先掛在我臉上的笑容赫然僵住。

我面無表情地說：「我跟他沒怎樣，我的心永遠只屬於仁樵一個人的。」

好茜翻了個大白眼，開始不停地對我說教：「我說妳呀……未免也太死心眼了吧，現在都什麼時代了？結婚都可以馬上離婚，未婚都可以生孩子，劈腿都成為屢見不鮮的常態了，妳還在搞那一套什麼至死不渝、烈女不嫁二夫的玩意兒，是不是還要給妳立個貞節牌坊才行呀？」

我靜靜聽著，不願反駁什麼。

好茜見我無動於衷，她嘆了口氣，拉起我的手，輕拍了拍說：「琴，妳不能一直把自己困在死胡同中，沒有人希望妳一輩子這樣。我想仁樵如果他知道的話，他一定也希望妳能放開他手，去追尋自己的幸福。」

依舊低著頭，我選擇沉默。

「漢文他真的很喜歡妳，尤其在得知妳的處境後，他處心積慮、費盡心思想帶妳走出妳心中的象牙塔。我想妳應該比我更清楚才對，只是妳不願承認罷了。」

「我知道他對我很好，只是……只是……」

「別只是了，妳需要的是時間，而漢文也願意等，這樣不是很好嗎？這是一場時間

就等著誰願率先放棄。其實只要妳看開點，馬上就可以得到下一段幸福了，就看妳自己願不願意而已。」好茜語重心長地看著我說。

「仁樵……他會希望我和別人在一起嗎？」

「嗯，會的，他並不是一個自私的人。」好茜拍拍我的頭，溫柔說。

「相信我，時間，可以沖淡一切的……」

好茜的話就像一串具有魔力的咒語，輕拂過我的心頭，使我徬徨的心定了下來。所有的不安突然間一掃而空，在我覆蓋著層層疊疊的烏雲心中，透露出一道曙光，讓我竟產生了期望。

是嗎？我真的能忘掉仁樵，重新開始嗎？

時間啊，真是磨人……

3-2

我麻木不仁、日以繼夜地工作。

做了多久？大概快半年了吧。

我看著自己手中的記錄表，現在累積的人數只來到三百零五人，但我卻已感到身心俱疲、渾身乏力。果然這種工作非常人可做，要徵人的話大概也徵不到吧。

想當初我欣喜若狂，以為事情可以很快完成，當下便迫不及待地要求小惡魔，也就是小妖，趕緊告訴我工作內容……

小妖說：「看你急成這副德性，別急，我馬上會教你的。」說完他要我攤開掌心，用他那把鮮紅色的三角叉，朝我手中一指。忽然間，那台看似iPad的物體又再度浮現。

「這是？」

「這是我們的『蛇蠍二代』，跟死神大人用的是同一台。」小妖神氣地說。

我點頭，進一步問：「那它有什麼功能？」

「很簡單，首先，你先用手指觸碰一下螢幕吧！」

我點了一下螢幕，螢幕上瞬間出現一隻巨大的黑色蠍子，身上還纏繞著一條暗紫色的蟒蛇。蟒蛇眼露青光，不時還可以聽見牠吐信的聲音。

我嚇了一跳，一時不穩，差點把「蛇蠍二代」給摔在地上。

「喂，你可要小心點，嚇壞了裡面的蛇姊姊與蠍子大哥，他們可會把你給咬得粉碎，讓你屍骨無存、痛不欲生呢！」小妖認真警告我。

我還沒來得急說什麼，就聽見：「呦，打哪來的土包子呀？可差點把我的水蛇腰給扭到了。」尖細的女音從手上的「蛇蠍二代」傳出。

「臭小子，你不想活了是吧！小心我鉗下無情。」這次是雄厚的男子聲。

我看著螢幕中正不斷動來動去的蟒蛇與蠍子，雖感到恐慌，但我還是極力讓自己鎮靜下來。

我問小妖：「這是怎麼回事？」

「現在出聲的，就是我說的蛇姊姊與蠍子大哥。他們是鎮守這裡面資料的魔獸，如果有不認識的面孔想侵入竄改資料，他們便會撕裂這些人。由於這裡頭關乎人類眾多資料，於是他們的任務可說是非常重要。」

小妖對螢幕裡的蟒蛇與蠍子說：「他是最近暫代死神工作的靈魂，請你們多多關照。」

「你好呀，俊小子。我叫蛇姬，綽號蛇蠍美人。」蛇姬開始搔首弄姿起來。

「哼，他哪裡傻？我這輩子最恨比我傻的人，當然不是說你。我叫蠍帥，綽號蛇蠍將軍。」一邊說牠的鉗子也邊一開一闔地動著。

我對他們倆點點頭，打聲招呼，並簡單的自我介紹一番。

「傻小子，真可惜你已經有女朋友了！不過……你想不想嘗試看看真正的蛇吻呢？」說完蛇姬扭過頭，她的舌頭也從螢幕裡竄伸了出來。

「不了，您的好意我心領了。」我連忙拒絕。

「可惡，妳這水性楊花的女人，在老子面前還敢跟別的男人勾三搭四，實在是太放肆了！」蠍帥氣得揚起鉗子，揮向蛇姬。

「你敢打我！老娘今天跟你拼了！」蛇姬與蠍帥扭打起來。

「別打，別打了……」我連忙勸架。

小妖飛到我耳旁說：「他們兩個是夫妻啦！每次床頭吵、床尾和，早已司空見慣、見怪不怪了，不打還渾身不對勁哩！別理他們，這是他們相愛的模式。」

「是喔……」

於是，我倆就在一旁靜靜地看著他們……相愛。

等他倆累得筋疲力竭、氣喘吁吁，才終於結束這場鬧劇。

小妖眼看差不多，正色說：「我們開始工作吧！」

我點頭，心中早已迫不及待，越是盡快完成目標，我就能盡快回到琴的身邊。畢竟，時間可不等人啊……

小妖對著仍喘著氣的蛇姬說：「蛇姊姊，請給他看名單。」

蛇姬二話不說，立即在一堆檔案中迅速穿梭，不久便開啟了一個叫「吳志傑」的資料夾。

裡面詳細記載著他所有資料，但我並未逐一細看。迅速拉到最後一頁，只見最後一行寫著：「一月六日，晚上六點十分，一個人在家吃火鍋時，被魚丸噎死……」

什麼？魚丸噎死？這怎麼可能！

我看了看時間，現在六點整，再過十分鐘後，就會有一個叫吳志傑的人被魚丸給噎死。如果我現在不是代理死神的身份，我一定認為這是個天大的笑話。

小妖說：「快點，我們快過去。」

小妖用他的三角叉向上空刺了一下，三角叉頂端立即出現與死神一樣的魔球。接著他將魔球擲向我，我再度被籠罩，但這次並不是看我的過去。

不久，魔球快速轉動，瞬間視線一暗……

當周圍再度恢復明亮時，我們已身在一間裝潢簡單的十坪小套房內。

電視機前方，有個看起來很年輕的鬍渣男，正坐在桌前享用著他今晚的晚餐——火鍋。爐上的水蒸氣不停地向上冒，鬍渣男埋首在白茫茫的蒸氣中，一口接著一口地將食物往嘴裡送，一臉心滿意足的模樣。邊吃還邊握著遙控器，不停地來回切換著電視頻道。

看來這位鬍渣男應該就是吳志傑了。

「喂，你吃慢點，東西要經過咀嚼後才吞下去，你這樣會噎到的。」我在一旁活像個老媽子似的，直要他吃慢些。

小妖大力撞了我一下，氣呼呼地說：「喂，你以為我們是在做慈善事業喔？不干你的事就別管，幸好他聽不到你的聲音，否則我可真被你給害慘了！」

「我只是想幫助他而已，他還這麼年輕，實在沒有必要為一顆區區的魚丸給斷送生命。」我心裡盤算著該如何幫助吳志傑。

「你沒聽過生死有命，富貴在天嗎？如果他今天註定要被一顆魚丸給噎死，那麼誰也幫不了他，要怪就只能怪他自己，不懂得細嚼慢嚥。」小妖一脈輕鬆的回答。

我激動地辯駁：「我不像你們這麼冷血，這可是一條珍貴的人命呢！」

「人命是珍貴沒錯，但別忘了你也有你的使命，如果你辦不到的話，那這份工作就只好……」

我急忙打斷小妖，不情願的說：「我做，我會做的……」

「很好，看看時間也該差不多了。」

只見吳志傑夾起一顆魚丸正往嘴裡送，沒多久他便露出猙獰的表情，不斷地搥打著自己胸口，張大嘴拼命挖著喉嚨，似乎想把魚丸給挖出來。但這一切都沒用，只見他的臉一陣青一陣白，就這樣持續了數分鐘。

我不斷在一旁來回走動，焦急地喊著：「快，快叫救護車！做CPR！快催吐呀！」回頭只見小妖氣定神閒的坐在一旁等著，彷彿見怪不怪。

不久，吳志傑便沒了呼吸，死了。

「死了，他真的死了……」這是我第一次見到有人在我面前死去。

我顫抖著身子，感到全身發毛。

小妖拍拍膝蓋，站起身說：「該上工了。」

我瞪了小妖一眼，心裡暗罵他冷血。他像明白似的，淡淡地對我說：「久了，你就會習慣了。」

我不情願地跟著小妖靠近吳志傑的屍體。

小妖再次要我攤開手，這次他用他的三角叉一指，我的手上出現了一條黑金色的鐵鍊。這條鐵鍊長約二米，一端有著銳利的勾爪，勾爪不時綻放著銀色光芒。

「這個是？」

「奪魂勾，你的工作就是等目標死亡後，把奪魂勾拋向死者體內，再用力的把附在體內的靈魂給拉出來，帶回亡靈界，這樣便完成任務了。」

「嗯……聽起來好像很簡單，我試看看。」我揮動著手上的奪魂勾，讓它進入死者體內。接著，用力一拉……

無動靜。

再拉……

還是沒有動靜。

「這是怎麼回事？」我問。

「大概是死者不想死，在做最後的掙扎吧，你再用力點拉試試。」

這次，我使盡吃奶的力氣拼命拉，終於我看見了……

我看見了吳志傑的靈魂。

他的靈魂正一點一滴的被我往外拉，而他則拼命的想鑽回他身體裡。但在經過一陣僵持後，就像釣魚一樣，吳志傑累了，便被我給一把拉出了體外。

他的靈魂被拉出來後，立刻跪倒在地，抱著我大腿哭著說：「求求你，我還不想死，我上有父母，下雖沒有子女，但我預計未來要生十個來報效國家。而且我還有房貸、車貸沒繳完，未來的老婆也都還沒遇見。女生小手沒拉過，小嘴未品嚐過。求求

你，不要帶我走，這樣我會死不瞑目的……」

我都還沒開口，他便劈哩啪啦地哭訴了十多分鐘。雖然看來可憐，但理由聽起來又似乎有些奇怪。

扶他起身後，一時間我也不知道該怎麼和他說，於是我學小妖說：「看開點，生死有命，富貴在天，我幫不了你……」邊說我自己也覺得沉重了起來。

小妖飛來我身旁，豎起大拇指說：「你可真會現學現賣呀，厲害！我對你刮目相看了。」

呵，我這哪叫現學現賣，我只是不知道該說些什麼罷了。

「走吧，帶他去亡靈界報到。」

我點頭，不顧吳志傑在旁一會兒動之以情，一會兒誘之以利的。我關上我的視覺，閉上我的聽覺，但卻關不住我一顆柔軟的心，我覺得胸口異常的鬱悶、難受。

沒辦法，為了琴，我只能忍耐……

＊＊＊

魔球又出現了，這次它帶我們到一個陰森詭譎的地方。

抬頭一望，一扇銅製的紫色大門赫立在眼前。門正上方掛著一塊巨大匾額，黑色匾額上，紅如血的「亡靈界」三個大字印在上頭，下面副標還寫著「生人勿近」四個字。字像有生命似的，不斷地滲出暗紅色液體，順著匾額汩汩地往下流。

門前左右各有一尊巨大的石雕像，左邊是牛頭人身，目露凶光，眉宇間流露出一股肅殺之氣，但卻不著調地穿著一身廚師服，頭戴一頂廚師高帽，看起來十分弔詭。右邊則是馬面人身，嘴上掛著誇張詭譎的笑容，令人不寒而慄，其身穿一身俏皮、色彩繽紛的馬卡龍裝，也是同樣怪異。

「站住，來者何人？」左邊的牛頭大聲斥喝。

右邊的馬面學牛仔叫了一聲「嘻哈」，接著說：「此乃亡魂重地，閒雜人等一律不得進入。」

小妖必恭必敬地和他倆解釋著我們的來意。

牛頭馬面聽完後，彎下他們龐大的身軀，仔細在我和吳志傑身上來回打量，看得我雞皮疙瘩都立了起來，吳志傑則是被嚇得直打哆嗦。

許久，牛頭馬面才異口同聲說：「嗯，你們可以通過了。」

我鬆了口氣，緊張的心情頓時緩和許多，於是我壯起膽子開始和牛頭馬面攀談：「小弟斗膽想請教一下，兩位大哥如何稱呼？」我學著電視上武俠劇裡的對白，開始胡謅。

牛頭說：「我叫牛逼，他叫馬卡隆。」

「牛B?馬卡龍?」

真是奇怪的名字，但我還是點頭表示了解。

我拱手作揖自我介紹：「小弟宋仁樵，台灣省台北人，初來到貴寶地，若有冒犯的地方，還望兩位大哥多提點提點。」

「嘻哈，兄弟，挺上道的嘛，還知道要先來拜個『馬頭』。」

「哼，我看他只會拍『馬屁』。」牛逼不以為然地說。

我看著牛逼臉上的鼻環說：「哪裡，我說牛大哥，您臉上這鼻環可真配你呢！」

「是嗎?我看你在諷刺我吧。」

「我怎麼敢呢?牛大哥，您的鼻環可說是走在時代的先驅，讓我們這些後生晚輩望塵莫及。您看看，現在時下年輕人，多少人爭相模仿您，搶著在身上多穿幾個洞，多掛幾個環，那才叫時尚。所以說您是時尚界的龍頭，一點也不為過。」

我真是不得不佩服自己的……狗腿。

小妖在旁直對我投以崇拜目光。

牛逼發出震耳欲聾的笑聲，豪邁地說：「好說好說，你說的這個實話雖然不怎麼樣，但是呢……『我尬意』(台語)，你這個朋友俺交定了。」

我摀著耳，差點耳膜就被震破。

馬卡隆在一旁涼涼地說：「唉唷，也不知道誰一天到晚嫌我什麼『馬不知臉長』

的，也不看看自己的牛皮，吹得可真是又大又厚呀！」

為了避免他倆因此傷了和氣，我立即轉移話題問：「二位大哥，小弟素聞驚天地、泣鬼神的牛頭馬面，乃是令人聞風喪膽、聽之色變、避之唯恐不及的鬼神界大咖，怎麼今日一見……」

我來回看著他倆的穿著，強忍住哈哈大笑的衝動。

牛逼一聽，整張臉垮了下來，他無奈地表示：「小老弟，你可踩到我的痛處了。還不是亡靈界說什麼要整頓風氣，讓這裡的氣氛不要那麼枯燥乏味，所以辦了個什麼鬼制服日，要我們穿上這些奇怪的服裝，一下龐克，一下牛仔，可快把我牛逼給逼瘋了！」

「喔，我明白，辛苦了！真想為你叫屈……」

這時，突然有背景音樂傳出。

「太委屈，連分手也是讓我最後得到消息……

不哭泣，因為我對情對愛，全都不曾虧欠你……」

小妖不知用什麼把戲放了這首歌，牛逼聽了一副泫然欲泣的模樣。

我趕緊緩和氣氛說：「那你現在身上穿的這套廚師服，有什麼特別含意嗎？」

「還不是某牌沙茶醬，還有什麼灑尿牛丸的。可別讓我老婆看到我這模樣，否則我會被她給笑死。」牛逼委屈地說，越說越小聲。

「那你呢？」我轉頭問馬卡隆。

「因為呀，最近人世間的甜點界，剛好吹起了一股馬卡龍旋風。這風潮也吹到了亡靈界這邊來，咱們大夥兒最近的下午茶都是馬卡龍。而且跟我名字的發音還一模一樣，要裝扮的話當然就選它嚕，穿成這樣我可一點也不覺得丟臉呢。」馬卡隆露出他的牙，誇張地笑著。

小妖突然飛到我身旁提醒我：「別在這一直聊天，辦正事要緊。」

我拍了拍腦袋說：「差點給忘了。」

我回頭對牛頭馬面拱手作揖說：「小弟還有正事要辦，先行走了，有機會再陪兩位大哥話家常。」

牛頭馬面點點頭，轉身面對銅門，忽然「嚇」的一聲，合力使上他倆無上蠻力，輕易地便將這扇重如千斤的銅門給一步步推開。

我和吳志傑看得目瞪口呆，小妖則在一旁催促我前進。

門內一片漆黑，鴉雀無聲，什麼都看不見。本以為會有什麼上刀山、下油鍋的可怕畫面，但卻什麼都沒有，只有無止盡的黑暗與陣陣陰風。

我像個瞎子般，摸黑直跟著小妖走。小妖身上發出綠色螢光，真像隻發光的螢光蟲。總之，他用螢光指引著我們前進，我和吳志傑在後頭亦步亦趨地緊跟著，深怕一個不小心給走丟了。

走了約莫十來分鐘，來到一個定點停下。光線突然一亮，來不及適應的我給閉上了眼。待我緩緩睜開眼睛，一位章魚臉人身樣，頭戴烏紗帽，身著古代黑色官袍，上頭還用金線繡著一條栩栩如生的龍，看起來似乎是位官員，他正端坐在桌前忙碌地工作著。

他真的很忙，儘管有八隻手。

只見他兩隻手在電腦螢幕前，不停地在鍵盤上快速飛舞著；另兩隻手則是在一堆文件中，不斷地批閱蓋章。伸得最遠的兩隻手，則在桌子的一旁，不知在熬煮著什麼；剩餘的兩隻手可也沒閒著下來，一手不斷地捻著他的八字鬍，一手則在身上到處抓著癢，縱然有八隻手也不夠他用。

他的頭不斷地左右轉來轉去，仔細監控著手上的每項工作，我們站在他面前好一陣子，遲遲都不敢出聲打擾。

突然，他將視線轉到我們身上，瞟了一眼後，邊繼續監看著他的工作，邊冷冷地問：「有事嗎？」

小妖站出來，將我們的來意，以及我的身份又說明了一番。

章魚臉聽完，隨意應了聲後，便從桌子底下伸出剛摳完腳趾的那隻手，想和我握手。

「呃……」

我瞪著那條光滑黏膩的手，皺著眉遲遲沒有動靜。

氣氛尷尬了。

「呵呵，你好……」沒法，我只好以哈腰鞠躬替代。

章魚臉白了我一眼，「哼」的一聲，便將手給縮回去，繼續摳著他的腳趾。

「把那個亡靈帶過來。」

我拉著鐵鍊，將不情願的吳志傑托到他面前。

「叫什麼名字？幾年次生？」

見吳志傑緊閉著唇不發一語，我只好替他回答。

只見章魚臉的其中兩隻手，在鍵盤上飛快地鍵入吳志傑的資料；另兩隻手在一堆資料中快速翻找著。沒多久便在一個卷宗裡寫了幾個字，讓吳志傑蓋個手印，並蓋上官印。最後舀了碗湯給吳志傑，示意他喝下去。

吳志傑終於出聲問：「這是什麼？」

「喝下去就對了。」

這碗湯，有著五彩繽紛的色彩，香氣逼人，煙霧裊裊，讓人情不自禁便想喝上一口。但我明白越是美麗的事物，便越是危險，因此我忍住也想來一碗的衝動。

不知怎麼地，吳志傑不但沒有被那碗湯所迷惑，反而非常理性地堅持不肯喝。我想他一定有預感，喝下去會有危險，因此他抵死不從，甚至不惜將湯碗打翻，裡頭的湯因此全灑在地上。

「跟你客氣，你還真不給面子，敢在我地盤上撒野！」

章魚臉怒極，漲紅了他那張原先就通紅的臉。他用手再舀了碗湯後，這次不再客氣，直接掐緊吳志傑的喉嚨，逼他張嘴，瞬間便將湯給灌了下去。

喝完後，吳志傑抬起頭，突然像換了個人似的。

「這裡是哪呀？咦？呵呵呵……嘿嘿嘿……」吳志傑邊說邊癡傻地笑著。

我嚇了一跳，怎麼一下子他就變成了這樣，果然是那碗湯……

小妖附在我耳旁輕聲解釋：「那碗湯叫『孟婆湯』，喝完會讓人失去七情六慾，令人忘卻一切，使亡靈不再留戀人世間。」

我點頭，原來這就是大名鼎鼎的孟婆湯。

我心裡算計著，如果哪天我也要來這報到時，該如何偷偷把湯給倒掉而不被發現。我可不想忘記琴，即使六世輪迴，我也要生生世世記著她……

章魚臉的身後這時開啟了一扇門，裡面只見一團黑色雲霧，環繞成一圈又一圈的旋渦。一陣強烈的吸力由內而外吸來，將吳志傑的亡靈給吸了進去，他人瞬間消失在雲霧中，門也立即關閉消失。

我問：「他會去哪？」

小妖答：「去另一個地方，等著投胎轉世。」

「嗯……」

我在心裡默默替吳志傑祝禱，希望他來世可別再被魚丸給噎著了。

「喂，你們，沒事的話趕快走，別妨礙我辦公。」章魚臉不客氣地下逐客令。

回程路上，我跟牛逼、馬卡隆又打了聲招呼，這才離開了亡靈界，回到人世。

＊＊＊

一回到人世，我便心急地對小妖說：「我已經明白工作內容了，快帶我去找下一個目標。」

「現在？」

「對呀。」我一副鬥志高昂的模樣。

「不好意思，現在沒有工作。」

我滿腔的熱情，立即被澆了桶冷水。

我怒不可抑說：「怎麼可能！全球每分鐘都不知道有多少人正在死去，而你卻告訴我沒工作可做？會不會太扯了？」

「你說的沒錯，但我們的工作也是有分區域性的，而我們的區域，就只有在台灣。更何況還有其他的死神也會執行任務，所以我們並不是每分每秒都在工作，這也是因應死神協會的集體上訴，認為他們的工作量太大，難以負荷，所以才會以分工的方式來進行……」

「什麼！」我的心涼了半截。

我追問：「那我什麼時候才可以達到一千個目標？」

「很難說，那要看上頭什麼時候給我們任務……」見我一副垂頭喪氣的模樣，小妖又說：「快的話三年，慢的話五到十年都有可能。」

啥？我呆住。

三年！

真想哭。

琴，妳會等我三年嗎？

3-3

時光荏苒，轉眼間三年過去了。

我坐在仁樵床邊，手握著濕毛巾，緩緩為他擦拭著身體。望著床上他一臉安祥的模樣，倘若不是他就在我身邊，我一定認為過去我跟仁樵的點點滴滴就像一場夢。

我常閉起眼，試著憶起從前往事，試圖在腦海中勾勒出仁樵的喜怒哀樂。儘管這一切早已深深烙印在我腦海深處，但隨著光陰無情的摧殘，我覺得似乎有種感覺正悄悄地離我遠去。

我害怕，害怕有一天，我是不是真的會忘了仁樵？

時間，的確非常的無情呀……

門把轉動，仁樵的母親走了進來。

一見我，她露出慈藹的笑容說：「是小琴呀，今天怎麼這麼早就來看仁樵？」

我起身問好，然後說：「今天我工作提早結束，於是便想早點過來這看看。伯母，妳剛下班吧？看有什麼事需要我幫忙的，儘管說。」

伯母看了眼擱在一旁桌上的水盆與濕毛巾，心疼地說：「小琴，照顧仁樵的事我來就行了，妳不也才剛下班，怎麼不休息一下？這樣，妳會累壞自己的。」

「沒關係，我一點都不覺得累。」

「妳呀，真是個好女孩，只可惜我家仁樵沒這個福份能把妳娶進門……」說完伯母重重地嘆了口氣。

「伯母您別難過了，您坐著休息些，我倒杯茶給您潤潤喉。」我轉身倒了杯水給伯母。

伯母坐下，咕嚕一聲把水喝乾，喝完後繼續說：「我知道妳跟仁樵感情好、情感深，但妳看看仁樵現在這個樣子……小琴，別再把妳的青春浪費在這裡了，去找個可靠的男人嫁了吧！」

「我知道伯母您捨不得我，不過我現在過得很好，伯母您不用為我擔心了。」我堆出笑容回答。

「唉，妳這個孩子呀……」

言談間，一陣敲門聲傳來，這次進來的是漢文。

「漢文，你也來啦！來來來，快進來。」伯母開心地對漢文招手。

「宋媽媽好，我帶了些水果來給你們吃。」說完晃了晃提在手上的一袋水果。

「唉呀，怎麼這麼客氣！人來就好，幹嘛每次還大包小包的……」說著說著她發現

漢文的視線直放在我身上。

我與漢文四目相對後，立即移開視線，尷尬地不敢與他再對視。另一方面，我極力平撫自己慌亂的情緒，不想被瞧出端倪。

「喔喔……」伯母心領神會一笑，站起身曖昧地說：「我去洗水果，你們先慢慢聊吧。」說完對我眨了眨眼，便提著水果離開房門。

「……」

「…………」

突然只剩我倆獨處，氣氛尷尬到極點。

怎麼辦？我該說些什麼才對，可是我卻卡住了，想不到任何話題來打破目前的僵局，怎麼辦？快想呀！為什麼我的腦袋只剩一片空白？

「吃過晚飯了嗎？」漢文率先打破沉默。

「還沒，你呢？」我鬆了口氣。

漢文搖頭，接著說：「等等要一塊去吃個飯嗎？」

我急忙說：「不了，我怕伯母自己一個人忙不過來，所以我必須留在這幫她。你先去吃好了，我沒關係的，還不餓。」

漢文默默轉身背對我，許久他才緩緩說：「妳……一定要這麼拒人於千里之外嗎？」

看著他落寞的背影，我心裡有說不出的內疚。

我是不是又傷了他的心……

「我……」知道自己再多說什麼也沒用，於是我輕聲說了句：「對不起。」

「對不起？」

漢文突然轉過身，一把上前抓著我的手，生氣地說：「妳不是說要把我當朋友？那妳現在是什麼意思？難不成我們連基本的朋友都做不成了？連我簡單的問候，妳都不肯接受……」

我掙脫漢文，忽然歇斯底里地說：「我不知道，我什麼都不知道。我的心現在很亂，弄得我很迷惘、很困惑，請你再給我一段時間，讓我想想……」放柔了語調，我繼續說：「等我想清楚了，我便會告訴你我的想法。現在，請你別再逼我了……好嗎？」

漢文頓了一下，接著冷靜下來說：「嗯……我明白了，剛剛真是對不起。」

「沒關係。」

總算，鬆了口氣。但沒想到，漢文的手突然伸進自己外套右邊口袋，摸出了個絨質粉色方型小盒出來。

那一瞬間，我愣住了。

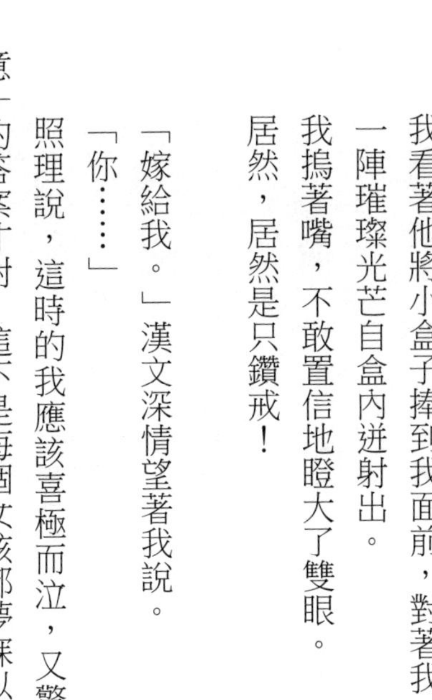

我看著他將小盒子捧到我面前，對著我，打開它……

一陣璀璨光芒自盒內迸射出。

我摀著嘴，不敢置信地瞪大了雙眼。

居然，居然是只鑽戒！

「嫁給我。」漢文深情望著我說。

「你……」

照理說，這時的我應該喜極而泣，又驚又喜，嬌羞地點著頭，開心地吐出「我願意」的答案才對，這不是每個女孩都夢寐以求的一刻嗎？有些人尋尋覓覓一輩子，也不一定能步上紅毯。但眼前，我卻沒有半點喜悅，我曾期待某人能對我說出這句話……不過，那已經是不可能的事了……

就在我不知所措時，漢文忽然一把將盒子蓋上，收回了口袋，並起身站了起來。

「你……」

漢文溫柔地笑著說：「我知道妳很錯愕，也知道現在的妳不可能會答應我。但我希望在妳思考的這段期間，妳能同時考慮一下我的求婚。」

「這戒指……」漢文摸著鼓鼓的口袋繼續說：「我已經買有一段時日了，我希望它能套在妳手上。在妳手中，它才能發出它那獨特璀璨的光芒，否則它只能留在我口袋，被關在漆黑狹小的盒子內，永不見天日。希望妳能答應讓它出來透透氣，也期望妳能接受我誠摯的求婚，讓我能好好地照顧妳。」

「我……」

一時間，我的思緒打結，連舌頭也跟著打結起來。

正當我不知該如何是好時，伯母的聲音自門外傳來：「水果洗好了，你們快來看看這蘋果，色澤這麼飽滿漂亮，味道嚐起來一定很棒。」說完房門被一把打開，人也端著切好的水果，走了進來。

呼……好險，感謝伯母及時解救。

「我還有事先走了，水果你們慢慢吃吧。」

「好吧，既然你有事，那就慢走，改天來我家嚐嚐我研發的新菜色呀。」

「好，一定。」

臨走前，漢文意味深長地看了我一眼，接著和伯母點了個頭後便離去。

等漢文離開，伯母來到我的身旁，忽然說：「我剛剛在門外全聽見了。」

「聽見什麼呀？」我裝傻。

「別再裝了，小琴，其實漢文這個孩子挺不錯的，妳可以試著考慮看看。別一直顧處我家仁樵，如果他知道妳能跟漢文在一起，一定也會替你們感到高興的。」

「嗯……」

伯母嘆口氣，搖頭無奈地說：「我只說到這裡，其他的，妳自己好好想想吧。」

我看著躺在床上的仁樵，心裡一團亂。

仁樵，我該怎麼辦呢？

你真的，真的再也不會醒來了嗎？

3-4

總算，三年後的今天，我終於累積到九百九十九個人數。差一個，只要再一個，我就可以達到一千個目標，我的靈魂就能回到我的肉體，也就能回到琴的身邊。

想到此，內心的喜悅不禁顯於色。

時間真的稍縱即逝，回想自吳志傑後，我陸陸續續又帶回了許多亡靈回去報到，那心路歷程上的巨幅轉變，使得原本豆腐心的我，逐漸將自己給練得鐵石心腸。雖然還是常會因亡者的遭遇而深感同情，但渺小的我，也只能將他們的苦難盡收眼底，該做的事還是要做。

為了能迅速完成工作，以期能盡快達成目標，我不再每天陪在琴的身邊。我想她應該能夠諒解，短暫的分離是為了日後長久的相聚。

日子就這樣一天天的過去，這天總算被我給等到了……

只要，再一個人。

知道我即將完成任務，小妖及蛇蠍夫婦都恭喜我。

「恭喜你啦！再過不久你就可以回去人世了……」小妖突然「嗚啊」一聲哭了起

來，哀傷地說：「我好捨不得你啊！你留下來好嗎？」說完帶著渴求的眼神望著我。

「哼，別傻了！他巴不得趕快飛回他的美人窩裡，怎麼會想繼續和我們這些怪裡怪氣的傢伙為伍，用一句話來形容，就是重色輕友啦！」蠍帥不爽地抱怨著。

「你呀，你還有資格說別人，你自己還不是整天窩在我這個美人懷裡。」蛇姬吐槽她的丈夫。

「哼！」蠍帥動動他的鉗子，不以為然的將頭撇開。

蛇姬大方地說：「仁樵小子，這三年跟你相處得很愉快，比起那個全身皺巴巴、口臭得要死，不知道幾百年沒刷牙的死神，你乾淨、溫柔、體貼多了！」

「喂，老太婆，妳現在是當著我的面，在跟他告白嗎？要不要臉呀妳！」蠍帥醋勁大發地吼著。

蛇姬怒說：「你懂不懂禮貌呀，我正在跟別人說話，你閉嘴，殿殿，shut up，ok？」

只見蠍帥動動他的鉗子，不再說話，逕自在一旁自個兒生著悶氣。

我看著他倆，發自內心真誠地說：「我真羨慕你倆夫妻的鶼鰈情深呀……」

「鶼鰈情深？別笑死我了！我跟他三天一小吵，五天一大吵，都快到水火不容、不可開交的地步了！最好我跟他在那邊鶼鰈情深啦！」蛇姬大聲反駁。

「不，妳錯了！不是冤家不聚頭，雖然你們時常吵架，但這正代表著你們彼此都很在意對方。現在很多夫妻走到最後是連架都不想吵，連對方都不想見，彼此冷漠以對、相敬如冰。因此，雖然你們之間有很多摩擦，你們當事人沒感覺，但看在我們外人眼裡，你倆可說是非常甜蜜閃光呢！有個伴可以吵嘴，不也是種幸福嗎？」

蛇姬和蠍帥互望一眼，雙方臉都紅了起來，蛇姬難為情地說：「你呀，你這小子……這麼的善解人意，能嫁給你的女孩一定很幸福，真希望……」

蠍帥吃味地怒瞪蛇姬一眼，蛇姬趕緊改口說：「總之，你讓那個叫什麼琴的女孩等那麼久，她一定非常痛苦，同樣也是女人的我，明白她的感受。希望你回去後能和她快樂地生活，我們會在黑暗中默默祝福你們的。」

「謝謝你們。」

我感動地看著大家，接受他們誠摯的祝福。

祝福聲絡繹不絕，其實也沒那麼多啦！只有簡單寥寥幾句，只不過我用放大效應將這些話擴充、放大，因此在我耳裡、心裡、腦海裡，滿滿的都是大家的祝福。

我心中滿滿的喜悅，真想立刻將這份心情分享給琴知道。

看看時間，琴差不多下班了，不知道她今天會不會到醫院來看我？

不管，總之去醫院看看。

收起蛇蠍二代，我帶著小妖往醫院出發。

＊＊＊

才剛到病房門口，便聽見琴情緒失控地喊著：「我不知道，我什麼都不知道。我的心現在很亂，弄得我很迷惘、很困惑，請你再給我一段時間，讓我想想……」

我焦急地衝入房內，想一探究竟。

病房裡，除了躺在床上的我及琴之外，還有一個高大的身影站在琴的身旁。我走近。

是他……粗框眼鏡男孩。

後來我知道他叫漢文，是我們的好朋友……

發生什麼事？我一臉困惑。

小妖在一旁幸災樂禍地說：「喔？有好戲可看嚕！」

只見琴繼續對漢文說：「等我想清楚了，我便會告訴你我的想法。現在，請你別再逼我了……好嗎？」

「想清楚什麼呀？」我焦急地出聲詢問。

不過，沒有人給我答案。

看著琴苦惱的模樣，我大聲質問漢文：「你說，你是不是對琴做了什麼？」

漢文說：「嗯……我明白了，剛剛真是對不起。」

對不起什麼？

果然，你這傢伙做出了對不起琴的事……

我原本緊握的拳頭，瞬間往他臉上揮出，卻在他鼻樑三公分前停住，只因我聽見琴說了句：「沒關係。」

這到底怎麼回事？

正當我還在一頭霧水之際，小妖說了句：「我幫你報仇！」便咻地一聲飛到漢文臉旁，用他的三角叉不停地猛刺著他。

看小妖一副義憤填膺的模樣，我只覺得好笑。

我問：「這樣刺他有用嗎？」

「沒用。」

「沒用那你還刺？」

「但這樣可以讓你心裡舒坦好過一點。」

小妖持續刺著漢文，雖然畫面看過去很滑稽，但還是感謝小妖為我所做的一切。

「謝啦。」

當我為小妖滑稽的舉動而笑出聲時，卻看見漢文正要對琴開啟一個粉紅色小盒，我拉回了注意力，凝神等著觀看盒內的東西。

盒子開啟的那一剎那，一陣目眩光芒射出。

什麼！

這是……戒指！

你該不會是想……

我心中一陣恐慌，呼吸急促，冷汗直流。

小妖見我傻住，飛近盒內細瞧，他開心地說：「好漂亮地鑽戒喔！」說完便在戒指上不停地又摸又吻，一副愛不釋手的模樣，而鑽石則不時散發出璀璨光芒，但看在我眼裡卻是異常刺眼。

屏住呼吸，我扭著僵硬的脖子轉向琴，等著她口中的答案。

我不停吞著口水，而等待的時間恍如一世紀般那樣漫長，不僅漫長，甚至寂靜，靜到我都可以聽見自己心臟噗通噗通的聲音。

眼看琴紅唇微張，似乎想說些什麼，但卻只聽見一個「你」字後，便沒了下文，可真把我給急死了！

小妖在一旁也急得團團轉，他不停轉著圈子，興奮說：「她要說了，她要說了，她會說什麼呢？」突然他手中出現了一朵不曉得哪來的花，故做煩憂地拔著一片片花瓣，邊拔邊說：「我願意，我不願意。我願意……」

說到一半，背景音樂忽然出現，小妖丟下花朵，隨著音樂節奏開始擺手晃腦起來。

聽我說，手牽手，跟我一起走，

把你一生交給我。

昨天不要回頭，明天要到白首，

今天妳要嫁給我……

夠白目。

我對小妖暴吼：「夠了，你別再玩了！」

頓時音樂沒了，小妖像知錯似的，扁著嘴，乖乖到一旁，不再惡作劇。

漢文忽然一把將盒子蓋上，收回了口袋。

他說：「我知道妳很錯愕，也知道現在的妳不可能會答應我。但我希望在妳思考的這段期間，妳能同時考慮一下我的求婚。」

「這只戒指……」漢文摸著鼓鼓的口袋繼續說：「我已經買有一段時日了，我希望它能套在妳手上。在妳手中，它才能發出它那獨特璀璨的光芒，否則它只能留在我口袋，被關在漆黑狹小的盒子內，永不見天日。希望妳能答應讓它出來透透氣，也期望妳能接受我誠摯的求婚，讓我能好好地照顧妳。」

「我……」琴欲言又止。

「琴，別答應他！」我緊張地大聲說。

這時，老媽的聲音自門外傳來：「水果洗好了，你們快來看看這蘋果，色澤這麼飽滿漂亮，味道嚐起來一定很棒。」說完門跟著被打開。

咦？怎麼我媽也來了？

「我還有事先走了，水果你們慢慢吃吧。」

「好吧，既然你有事，那就慢走，改天來我家嚐嚐我研發的新菜色呀。」

「好，一定。」

說完漢文看了琴一眼，接著和我媽點個頭便離去。

待漢文步伐聲遠離後，老媽走到琴的身邊說：「我剛剛在門外全都聽見了。」

我媽也聽見了！

「快，老媽，妳快勸琴叫她不要答應漢文的求婚……」

沒想到老媽居然說出令我吐血的話，她竟對琴說：「別再裝了，小琴，其實漢文這個孩子挺不錯的，妳可以試著考慮看看。別一直顧慮我家仁樵，如果他知道妳能跟漢文在一起，一定也會替你們感到高興的。」

什麼！

我媽居然胳膊向外彎，幫起外人來了！

我燒斷了理智，暴跳如雷地站在她倆面前說：「你們看，我還在這裡，我還沒死，而且我很快就會甦醒了！你們聽見了沒有，我快醒過來了！」

「沒用的，你省點力氣吧！」小妖飛到我肩上說。

看著琴望著躺在床上的我，一副若有所思的模樣，我向後踉蹌地退了幾步，心中隱約感到不妙。待穩住身子，我一把抓著小妖急問：「快告訴我最後一個目標在哪？」我就像快溺水的人，急欲想抓著一根浮木，我嘶吼著：「快告訴我！我不能再等了！」

「別急，剛剛第一千個目標的資料已經傳送過來了。」說完小妖拿出了蛇蠍二代。

一進入主畫面，蛇姬便開心地恭賀我：「恭喜啦，這是最後一個人了。」

「別說那麼多了，快讓我知道對象是誰。」

見我一副心急如焚的模樣，蛇姬也不再多說，飛快地找到了目標的檔案，但在打開資料夾的那一瞬間，畫面……

畫面怎麼不見了！

眼前只剩一片漆黑，難不成還當機了不成？

我忙問：「蛇姬、蠍帥，這怎麼回事？」

沉默，無人回應。

我不停地喚著：「蛇姬？蠍帥？」

許久，蠍帥的聲音才緩緩從螢幕中傳出：「我們在這。」

「這是怎麼回事？怎麼畫面突然不見了？」

「這，這……」蠍帥吞吞吐吐、支支吾吾了老半天。

「快說呀！」我提高了分貝。

「因為，我們不想讓你看到……」

我目露寒光，咄咄逼人地問：「不想讓我看到什麼？」

又是一陣寂靜。

隔了許久，蠍帥的聲音才又傳出：「你真的想甦醒嗎？」

「當然。」問這什麼廢話？如果真的能甦醒，誰不想醒來？想一輩子當個活死人？

「那……好吧。」說完蠍帥長嘆一聲。

「仁樵小子，你實在是太可憐了……希望你有心理準備……」蛇姬的聲音像哭過似的。

什麼意思？一股不祥預感頓升。

接著，畫面恢復了。

我看著，呆住。

這個名字……這個人……

楊琴

這兩個字不偏不倚地出現在名單上頭。

呵，同名同姓吧，我不斷自我安慰著。

繼續看下去，我眉頭深鎖，怵目驚心，抬起頭時已熱淚盈眶。

真的是妳……

真的是妳……琴……

我仰天縱聲狂笑，但眼角卻迸出淚水，沿著兩頰不斷滑落。

怎麼會，怎麼會呢？

3-5

「嫁給我。」

「琴，嫁給我，嫁給我好嗎?」

誰?是誰在呼喚我的名字?

我看了看四周，一臉茫然。

這是哪裡?此時的我，正一個人孤單地佇立在一片霧茫茫的白色雲霧中。

我努力撥開身旁雲霧，想了解自己究竟身在何處，但雲霧卻怎麼撥也撥不散，才剛撥開一些，便又馬上迅速聚攏在一起。濃厚的雲霧使我看不見周遭環境，甚至看不清我那舉在眼前來回晃動的雙手，我慌了，心裡萬分恐懼。

這是哪裡?為什麼我會在這裡?

突然，聲音又再度傳來:

「琴，嫁給我。」

「嫁給我，我會給妳幸福的。」

「琴……」

「琴………」

聲音時而像是漢文的，時而又像是仁樵的，時而兩人的聲音又重疊著出現。那語調既溫柔又哀傷，在四周不停喚著我，字字句句，都讓我心頭一陣抽痛。心痛，對漢文來說，是因為我並不愛他；而仁樵，則是不可能了……

我按著發疼的胸口，大聲問：「誰？是仁樵？還是漢文？」

沒人回答我。

然而聲音就像不斷倒帶的收音機，反覆訴說著，一遍又一遍。

終於，我壯起膽子，決定自己去找尋答案。

我在雲霧中摸索前進，卻成了一隻無頭蒼蠅，找不到任何方向。

突然，聲音不見了！

怎麼回事？人呢？我看了看四周，恐懼再度浮上心頭，我叫著：「喂，仁樵？漢文？有沒有人呀？別丟下我一個……」

四周靜悄悄，靜到只剩我急促的呼吸聲。

我著急地繼續摸索，但周圍什麼都沒有，沒有半個人，也沒有半點東西，有的只是無邊無際的雲霧。

工作

盲目摸尋許久，就在我感到心灰意冷時，眼角餘光似乎瞥見什麼，我轉頭一看，一扇紅色大門立在眼前。

咦？剛才有這扇門嗎？怎麼剛剛都沒看見？

我好奇地緩緩摸到門前，將耳朵貼在門上，想聽看看裡頭的動靜，但沒有，什麼也聽不見。

裡面會有什麼呢？怪獸？還是外星人？

不管了，不管裡面是什麼，總比繼續待在這好吧。於是我將紅色門推開，毫不猶豫地踏了進去。

一陣歡呼聲驟響，彩帶及花瓣從我頭上落了下來。

這是怎麼回事？我被眼前的景象嚇了一跳。只見門裡一片黑壓壓的人群，他們目光皆投注在我身上，眼睛、嘴角都彎成了一道新月，他們開心地喊著：「新娘來了！新娘來了！」

我注意到我的雙手，不知何時竟套上了白色蕾絲手套，手上也多了束球型捧花。低頭一看，我的服裝變成了一套性感白紗禮服，一條白珍珠項鍊點綴在胸前。

當我還一臉茫然時，我父親從旁面帶微笑地走了過來，一把挽起我的手，帶著我邁向長長的紅地毯。

等等，我要結婚了？

但，新郎究竟是誰呀？

我停住腳步，父親的身子因此向後彈了一下，他不解地轉頭看著我。當我想開口問父親新郎是誰時，我卻見到了……

我看見新郎正不急不徐地向我靠近，一身潔白的燕尾禮服，配上他那高大的身型，顯得十分帥氣挺拔。但不知為何，我竟然……竟然看不清楚他的臉孔！更具體一點說，他的臉就像被打上馬賽克似的，整張臉居然是模糊的！

仁樵？還是漢文？總不會是外星人吧。

新郎輕輕牽著我的手，我的腳步不由自主地跟著他，沿著紅毯，上了臺階，來到牧師面前。牧師說了一連串開場白，他說了些什麼我也沒認真聽，我只不停地盯著那個看不清臉孔的新郎，努力想看出端倪。這時我突然想到，等會兒牧師會唸到他的名字，那時我不就可以知道他是誰了嗎？哈。

沒多久，只見牧師清了清喉嚨，嚴肅地望著新郎問：「XXX，你願意娶楊琴做為你妻子嗎？」

什麼！名字還給我消音是怎樣！

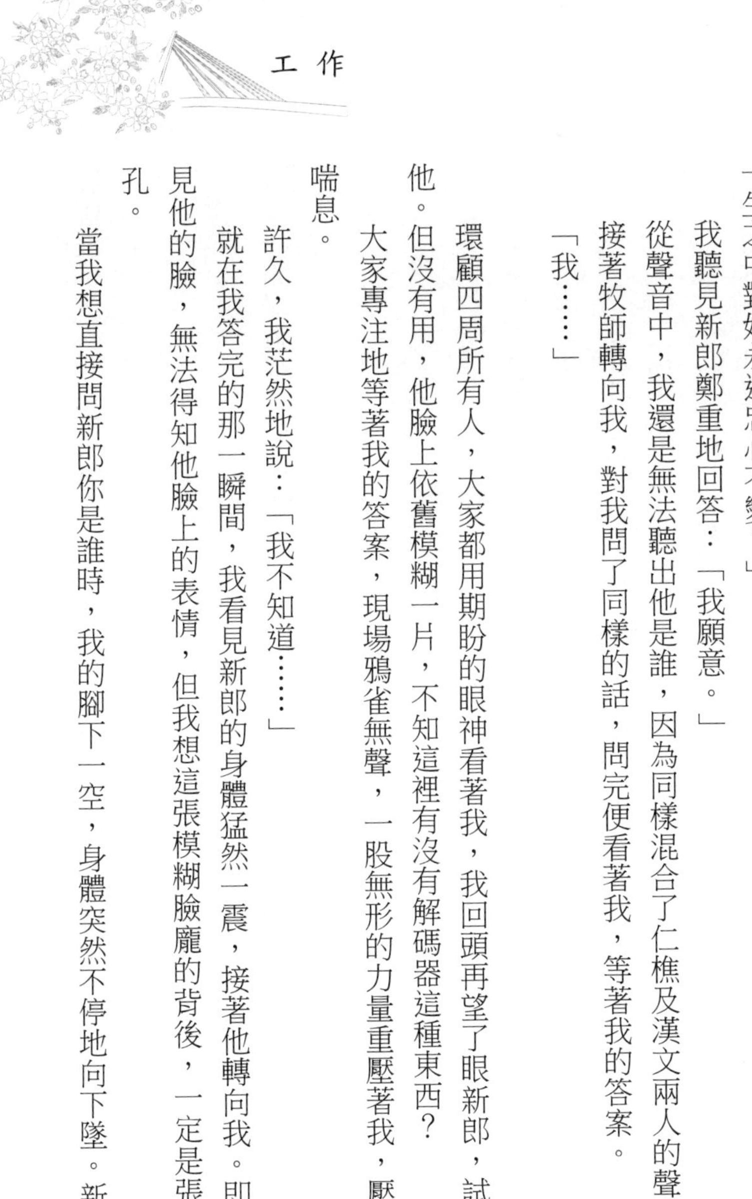

牧師繼續說：「你願與她在神聖的婚約中共同生活，無論是疾病或健康、貧窮或富裕，美貌或失色，順利或失意，你都願意愛她、安慰她、尊敬她、保護她，並願意在你一生之中對她永遠忠心不變？」

我聽見新郎鄭重地回答：「我願意。」

從聲音中，我還是無法聽出他是誰，因為同樣混合了仁樵及漢文兩人的聲音。

接著牧師轉向我，對我問了同樣的話，問完便看著我，等著我的答案。

「我……」

環顧四周所有人，大家都用期盼的眼神看著我，我回頭再望了眼新郎，試圖想看穿他。但沒有用，他臉上依舊模糊一片，不知這裡有沒有解碼器這種東西？

大家專注地等著我的答案，現場鴉雀無聲，一股無形的力量重壓著我，壓得我無法喘息。

許久，我茫然地說：「我不知道……」

就在我答完的那一瞬間，我看見新郎的身體猛然一震，接著他轉向我。即使我看不見他的臉，無法得知他臉上的表情，但我想這張模糊臉龐的背後，一定是張驚愕的臉孔。

當我想直接問新郎你是誰時，我的腳下一空，身體突然不停地向下墜。新郎沒了，牧師沒了，人群也沒了，四周只剩一片漆黑。我的手在空中胡亂揮舞著，一陣亂抓，但卻抓不到任何東西。

「啊……」我失聲尖叫。

就在不停尖叫中，我聽見我的手機鈴聲在響，而且越響越大聲，越響越刺耳。等我再度睜開眼睛時，只見我家米白色的天花板。摸摸身上熟悉的被子，才發現原來是場夢。

汗水浸濕了枕頭，我摸著胸口，心臟還不斷地急遽跳著。

什麼怪夢呀？夢中的新郎是誰？這夢有什麼涵義嗎？

手機持續響著，提醒著我該起身去接個電話，我看了眼立在床頭櫃上的時鐘，現在才早上九點，是誰呀？星期六一大早的。

我睡眼惺忪不情願地爬下床，走到梳妝台前，抓起手機一看，是妤茜！馬上我的精神為之一振，揉了揉眼睛，趕緊按下通話鍵。

我開心地說：「嗨，妤茜，好久不見，最近過得怎麼樣？」

「要約我中午吃飯喔？好呀，幾點？」

「嗯嗯，好，那等會見嚕！掰。」

＊＊＊

中午依約定，來到永康街一家小餐館，一進門便看見坐在椅上好茜的背影。我慢慢繞到她背後，想嚇嚇她，一拍她的背，她一個轉身，反而是我給她嚇著了。

她手上居然抱著個小男孩！

我錯愕地指著那男孩問：「好茜，這難不成是妳的……」

「對呀，他是我的孩子，他叫小寶。」好茜舉起小寶的手向我揮了揮，笑咪咪地說：「小寶，這是媽咪的好朋友，跟她揮揮手。」

接著她以稚氣的語調，扮成小寶說：「嗨，小琴阿姨妳好，我叫小寶，今年一歲。我媽咪過去承蒙妳照顧了，今後也請妳多多指教。」

「天呀！妳什麼時候生的？妳前陣子不是才跟那個曖昧的同事結婚而已嗎？那時我記得我還調侃妳，說妳自打嘴巴，沒想到孩子這麼快也有了，你們的進度也太火速了吧？」邊說我邊抱起小寶，和他玩了起來。

「呵呵，我們是先有後婚啦！只是那時想說先不要告訴大家。」

「妳還真不夠意思，連我這個好朋友也敢隱瞞。」

「好啦，別生氣嘛，現在我不就帶著小寶來替我請罪了嗎？」說完她又裝成小寶說：「阿姨，妳別生氣了，生氣會長皺紋喔。我替我這個壞媽咪跟妳道歉，她壞壞。」

說完我倆呵呵笑了起來，小寶似乎也感受到我們的快樂，開心地拍著手，咿咿呀呀地叫著。

我繼續逗弄著小寶，一邊問妤茜：「小寶會走路了嗎？」

「他最近才剛開始會走路，現在還走得不穩，常會跌跤，而且呀……」

兩個女人的話題不停地圍繞在小寶身上打轉，就這樣聊了兩個鐘頭。

我越看小寶越是愛不釋手，我一下玩著他肥嫩的小手，一下對他扮著鬼臉，就這樣百玩不膩，直到妤茜說她該餵母乳了，我才依依不捨的將小寶還給她。

妤茜解開衣扣，露出渾圓的半顆乳房，小寶便自動尋找奶頭吸吮了起來。

看著妤茜哺乳的模樣，這副畫面竟是如此的祥和，如此的溫暖，而妤茜身上則散發出一股不同於以往的光芒，比以前更加耀眼，更加柔和。

原來，這就是所謂的母愛呀……

看我一副出神的模樣，妤茜開口說：「妳是不是很羨慕呀？想要，自己生一個不就好了。」

「呃……」

我臉上愉快的表情，因妤茜的話瞬間垮了下來。

妤茜嘆了口氣說：「妳別再傻了，都已經過去三年多了，仁樵要是知道妳為他守身

了三年，他就該萬分感激了……現在，妳應該鼓起勇氣，去追求下一段幸福，我看的出來妳很想要一個孩子。孩子，會為妳的生命注入一股力量，也會為妳的生活帶來許多樂趣的。琴，生一個吧。」

頓了一下，妤茜接續說：「漢文一直對妳情有獨鍾，外頭的花花草草，他瞧也不瞧一眼，他呀，跟妳一樣死心眼。我覺得妳應該給他個機會試試，同時也給自己一個機會。」

「嗯，我明白……」

我知道自己不能再這樣逃避下去，逃避漢文，也逃避著自己，我必須去面對仁樵可能不會再醒來的事實。

望著妤茜以及她懷裡的小寶，我輕聲說：「我願意和漢文試著交往看看。」

妤茜瞪大雙眼說：「真的？」

見我點頭，她欣喜若狂地說：「妳終於想通了，我真為妳感到高興！現在，我得趕快打電話告訴漢文這個驚喜，我想他鐵定開心到瘋掉，哈哈。」說完立即拿起手機，撥電話給漢文。

隔著張桌子，我依然可以聽見電話那頭的聲音。漢文從一開始的不相信，到懷疑，甚至到最後的欣喜若狂，字字句句都聽進我耳裡。不是我耳力太好，而是妤茜將她的手機開成了擴音。

老實說，我心裡並沒有太多的喜悅，不過瞧他們開心的模樣，我覺得自己似乎做對了。

看著小寶，他正開心地對著我笑，同時我也幻想著我自己的孩子，他張開手臂高興地叫著我：「媽媽，媽媽……」也許妤茜說的對，有個孩子也許我會快樂許多吧。

仁樵，對不起，我內心最愛的還是你。

你，會原諒我的，對吧……

工作

第四章 尋找

4-1

怎麼會是琴？我最後一個目標居然是我最愛的人……

小妖遞來一條手帕，示意我擦拭一下淚水。我擺擺手，難掩傷心地說：「不用了。」

蛇姬關心的問：「你還好吧？別太難過。」

我抹乾臉上的鼻涕與淚水，並深深吸了口氣。等我穩住情緒後，我用堅定的語氣說：「我拒絕，拒絕接受這個任務。除非換個目標，否則我寧可永遠當個植物人，也不會接下這個任務的。」

「你說什麼？你想違抗任務？」小妖吃驚說。

我點頭，語帶歉意地對小妖說：「抱歉，這次我真的要扯你後腿了。但我願意一個人接受處分，絕不會拖累你的，只求你們千萬不要傷害琴……」

小妖感動地說：「你這小子……」

這時，蠍帥的聲音傳來，他說：「笨蛋，你以為這樣做，自己很帥嗎？如果你不做，這個任務便會交給其他死神去執行，你女朋友終究還是難逃一死……」

「什麼？怎麼可以？你們不能這樣做。」我大聲吼著，惱怒地說：「你們這樣根本就是在耍我嘛，我要去找死神理論。」

我一把抓著小妖催說：「帶我去，快帶我去找死神。」

小妖一臉無奈，但我才不管，我像隻發狂的野獸，不斷地四處咆哮：「死神，你快出來……」

不知是不是真的聽見我的怒吼，死神果真現身了。他無聲無息地站在我背後，目光森寒地對我說：「你冷靜一點。」

我轉過身來，緊抓著他說：「請你救救琴，救救她，只要你能夠救她，要我做什麼都行。我願意一輩子為你做牛做馬，求求你，求求你……」說著噗通一聲，我跪了下來。

死神低頭俯看著我說：「你的事我都知道了，你先起來再說。」

我欣喜說：「真的？你願意幫我？」

「嗯，起來吧。」

我高興地站了起來，看著死神，等著他的辦法。

「看在你三年來認真工作的份上，我可以告訴你如何留住你女朋友性命的方法。但是，這還必須靠你自己去執行才行……」死神謹慎說。

「好，我會自己去辦的，請你告訴我方法。」

「嗯，首先，你必須去尋找一個自願讓出自己剩下壽命的人。記住喔，是自願的。」我點點頭，死神繼續說：「接著，把那個人剩下的壽命過給你女朋友，這樣你的女朋友就可以存活下來了。但是切記，必須在你女朋友還沒死亡前過給她，否則一旦靈魂脫離了軀體，她還是回天乏術。」

我將死神的話，仔細反覆咀嚼著，並將它牢牢記在腦海裡。

「聽起來好像不難。」

「呵，這件事小妖會幫你，你自己好好加油吧。」說完一陣風吹過，死神又消失在我眼前。

我低頭察看蛇蠍二代中，關於琴的死亡資料。

十二月十日……溺水死亡……

怎麼會？我趕緊往下看。

為了救一位溺水的孩子，跳入河中救援，卻在過程中體力不支而亡……

等等，今天幾號？

十二月七日……

也就是說，只剩三天……

我抬頭急著對小妖說：「快，快告訴我，怎樣才能找到願意把剩下壽命過給琴的人。」

小妖驕傲地說：「哈，靠我就行了。」

「這話怎麼說？」

「想死的人，通常他們會釋放出一股強烈的意念。而我，則可以感應到他們這股想法，因此我們就能找到適當的人選啦。」

「喔，原來如此。」

小妖繼續說：「通常這些人的狀況是他們很想死，但是卻死不了。最簡單的例子就是有個跳樓自殺的人，卻壓死一個賣肉粽的，但他自己卻沒有死。我呢，會負責幫你找到這些想死的人，然後再由你出面和他們的靈魂交涉，讓他們自願將剩下的壽命讓出來，這樣他們既可以獲得解脫，你的女朋友也可以因而獲救。」

「那你現在有感應到想死的人嗎？」

「沒有。」

「沒有？怎麼會？」這下我又開始緊張了。

「拜託，這很困難好不好。」小妖繼續解釋：「首先，你必須是真的很想死，而這股意念強大到我能感應的到。其次，還必須先幫你過濾篩選一下對象，也就是對方的壽命究竟還有多少年可活，你總不希望過給你女朋友的壽命只剩兩年可活吧？」

我憂心忡忡地說：「嗯，我明白了，可是……」

小妖打斷我的話說：「我知道你在擔心什麼，你放心，只要一有感應，我會馬上告訴你的。現在，你再焦急也沒有用，我們只能耐心等了。」

唉，又要再等……

回到病房，看著琴趴在我床邊沉沉睡去。我走到她身邊，俯身靜靜望著她，只見她眼角溢著淚水，雖睡著了，嘴裡仍喃喃唸著我的名字：「仁樵……」

我不捨的輕拭她眼角的淚珠，並親了親她額頭。

琴，我絕對，絕對不會讓妳死的……

4-2

星期天我答應漢文的邀約，也就是一天的約會。

當他的黑色轎車停在我家門口時，我爸媽瞪著大眼，張著嘴，一副不可置信的模樣。

有這麼不可思議嗎？我真好奇之前的我，在他們眼中到底是什麼樣子，行屍走肉？自暴自棄？還是打算孤老一輩子？

呵，也許吧。

坐在副駕駛座上，一路看著窗外風景，沒多久我便出了神。

我想起昨晚在仁樵床邊不小心睡著，睡夢中我似乎看見仁樵親吻著我，對我不知道說了些什麼，而他的表情好憂傷、好難過……他想對我說什麼嗎？

想著想著，漢文的聲音打斷了我的思緒。

「琴，妳有聽到嗎？」

我趕緊回頭，不好意思地問：「抱歉，你剛剛說什麼？」

「我問妳中午想吃什麼？」

我笑答：「我喔？隨便，都可以。」

「呵，就知道妳會這麼說。我知道有一家新開的印度咖哩餐廳，網路上大家的評價還不錯，帶妳去吃看看，妳一定會喜歡。」

咦，咖哩？我驚訝地看著漢文。我記得我只有在班上自我介紹時，才說過那麼一次我愛吃咖哩而已，沒想到這事他居然記得。

漢文回頭看了我一眼說：「即使妳平常很少吃咖哩，但我知道妳愛吃，因為妳曾說過……」

果然，他真的都記得……

我別開臉，內心不停怦怦跳著。

我想起小寶，如果是和漢文的話，不知生出來的孩子會長得怎麼樣？會和小寶一樣可愛嗎？意識到這個念頭，自己猛然嚇了一跳，天呀，我在想什麼！

楊琴妳這個笨蛋，不僅笨，妳還是個叛徒，妳居然立刻就背叛了仁樵！不行不行，我甩甩頭，甩開胡思亂想。

漢文問：「怎麼？在想些什麼？」

「沒有，我沒想什麼。」我臉色尷尬。

我怎麼可能告訴他，我在想我們如果有孩子的話，會是什麼模樣這種蠢事，真羞死人了。

漢文溫柔地望了我一眼後，便轉過頭去，繼續專注開車。我搖下車窗，探出腦袋，讓迎面吹拂的狂風，將我的胡思亂想給吹得一乾二淨。

＊＊＊

停車場停好車，我們進到一家金碧輝煌的餐廳。外觀像個皇宮似的，門口排隊的人潮絡繹不絕，濃濃的咖哩香令人食指大動。

這是一家由印度人所開設的餐廳，女服務生均穿著傳統印度服飾——沙麗，個個身材婀娜多姿、嫵媚動人，流露出濃郁的異國風情。

「這家餐廳太棒了！光是給人的印象，我就給它滿分。」我環顧四周，開心地說。

「是呀，如果妳喜歡的話，以後我可以常帶妳來。」

「嗯。」

沒多久，我們的餐點上桌了。

我嚐了一口，嗯……是很正統的印度咖哩。它的味道恰如其分，馬鈴薯鬆軟入口即化；而巧克力色澤的咖哩，香醇濃郁帶點微甜，辣度適中，實在是好吃極了，讓我一口接著一口，想停也停不下來。

用完餐，我摀著嘴，打著飽嗝，心情十分愉快。

「等等有想到哪走走嗎？」漢文問。

「隨便，都可以。我先去一下廁所，你等我一下。」

漢文點頭，我起身快步前往女廁。

我之所以不常吃咖哩，是因為吃完咖哩後會有很濃的咖哩味殘留在口中，所以我雖然愛，但卻不常吃。

我到廁所漱漱口，噴了噴香水，順便整理了一下儀容。出來後，我們離開餐廳，上了車，這時我問：「我們要去哪？」

「嗯……先去白沙灣走走，然後再去淡水老街如何？」

「淡水呀……」我突然想起仁樵和我在情人橋上的約定。

「怎麼了嗎？」漢文關心地問。

「沒什麼，嗯，就照你說的走吧。」

接下來，我們先到北海岸的白沙灣。

在白沙灣，漢文牽起了我的手，我們迎著風，沿著海岸慢慢散步，雖然天氣有些陰涼，但此刻的我卻覺得心情愉快，有多久我沒好好地出門放鬆心情了。

一陣大風吹來，我的頭髮散亂地覆蓋在我整張臉上，漢文貼心地為我理了理散亂的

髮絲，並為我輕吹飛入眼內的塵沙。

走在淡水老街上，漢文堅持讓我走在人行道內側。見我走累了、疲了，他幫我提包包，找個舒適的地方坐下休息。我們一邊遠眺淡水河，一邊握著熱騰騰的咖啡輕啜，模樣好不愜意。

他的體貼，他的溫柔，點點滴滴打動我的心房，讓我覺得無比溫暖。儘管知道漢文的確非常優，但不知怎麼的，和他之間總少了一份感覺……

我覺得他對我實在太好了，像把我當成小公主般，捧在掌心上呵護，不像仁樵，總是和我打打鬧鬧的。我跟仁樵在一起的感覺很自在，但是對漢文，我卻有些拘謹。

唉……不知道，也許是交往得不夠深吧。

夜幕逐漸低垂，天空綴上點點星光，淡水老街也逛得差不多了，這時漢文突然提議：「要去漁人碼頭走走嗎？」

「不了。」我立即回絕，接著尷尬地笑說：「我有點累了。」

漢文摸摸我的頭說：「嗯，那我送妳回去。」

於是我們離開了淡水老街，踏上回家的路程。

當漢文的車停在我家樓下，為我解開安全帶，預備下車時，他突然轉頭對我說：

「琴，謝謝妳願意給我機會。」

「不用謝我……」

「我可以吻妳嗎？」漢文出奇不意地問。

我被他的話嚇了一大跳，但沒多久，我還是僵硬地點了點頭，然後緊閉著眼，等待他的吻落下。

等了許久，等到我掌心都滲出汗來，卻只感覺額頭被人輕啄了一下，然後就沒了。嗯？就這樣？

我睜開眼，困惑地看著漢文。

漢文只笑笑地對我說：「妳看妳，緊張到嘴巴都抿成一直線了。放心，我不會勉強妳的，快進去吧。」

就這樣，我摸著被親過的額頭，愣愣地下了車。看著漢文和我揮手離去，恍惚地進了家門。

爸媽眉開眼笑地望著我，似乎等著我和他們說些什麼，不過我沒理他們，一路走回自己的房間。我只覺得累，不只身體累，心裡也累。

仰躺在床上，瞪著天花板，我一直不斷問著自己，剛剛究竟是失望？還是慶幸？

唉唷，心裡亂糟糟的，該不會……

該不會我的心，已經一點一滴傾向漢文那邊了吧？

4-3

直到星期天中午，小妖才告訴我他感應到想死的人，我緊張地催促，要他趕緊帶我去找那個人。

小妖應了一聲，魔球再次帶著我前往目的地。

這次，我們來到一個病房門口，裡頭爭吵聲不斷。踏進病房，我看見床上坐著一個年紀輕輕的女孩，她正拿著把水果刀，不停地嚷著：「讓我死，你們讓我死……」

女孩的身旁，有兩位醫護人員、一位中年婦人，以及一位壯年男子，他們正極力阻止她做傻事。棉被、枕頭、點滴架等物品，四處散落在地上，場面亂糟糟的。

後來，一位醫護人員為女孩強行打了一針後，女孩才逐漸安靜下來，但她口中仍不停地唸著：「讓我死，讓我死……」

我問：「這是怎麼回事？」

小妖說：「這我就不清楚了，你可以打開『蛇蠍二代』問看看。」

我打開「蛇蠍二代」詢問蛇姬情況，她看了眼床上的女孩，便飛快地在一堆檔案中找出了該資料。

我看著資料，女孩的名字叫沈香蓮，今年十四歲。十三歲時愛上一個學長，但學長非常花心，因此沈香蓮為此數次割腕自殺，但都因傷口不深，或家人及時發現而獲救……

最後，也是最令我關心的事，那就是女孩的壽命居然還有四十年可活，四十年呀！琴，妳可以再多活四十年！

癱軟在病床上的沈香蓮，不久便因為藥效發作而沉沉睡去，身旁的中年婦人，應該是女孩的母親，她正傷心地坐在床緣掉淚，而壯年男子則在一旁不斷遞衛生紙安慰她。

忍不住我嘆了口氣，雖然已看過無數次生離死別的場面，但還是為女孩不懂得好好珍惜自己的生命而感到惋惜。

小妖見我一副傻楞模樣，他問：「準備好了嗎？我現在要把沈香蓮的靈魂叫出來，然後你就可以和她的靈魂進行交涉，如果她願意讓出她剩下四十年的壽命，你的女朋友就有救了。」

「嗯。」我木然地點著頭，當小妖舉起他的三角叉，準備開始行動時，我卻突然叫住他：「等等。」

小妖停下動作，疑惑地看著我問：「怎麼了？」

「有辦法可以幫她嗎？」

小妖像是聽不懂我的話似的，持續一臉問號地看著我，我仔細地解釋：「我說，我們有辦法可以幫助沈香蓮嗎？」

這次，小妖總算聽懂了，但他卻驚訝地叫了出來。

「什麼？你說你想幫助沈香蓮？」瞧我認真地點頭，他又高聲叫道：「你傻了嗎？這女孩剩下的壽命可以救你女朋友耶！」

「這我知道。」

「知道你還……」

「我知道她只是太年輕，不夠成熟，難道我們要因為她一時的衝動，而去剝奪她寶貴的生命嗎？」

小妖冷酷地說：「這是她自己的選擇，沒有人強迫她，我們只是順她的意，讓她能提早結束生命而已。她日後會後悔早已來不及了，但這也不能怪我們，要怪只能怪她自己。」

我閉上眼，搖著頭說：「不行，我們不能這麼做。」

小妖無奈地說：「那麼你想怎樣？」

「她會後悔的，我想讓她看清這一點，魔球應該可以派上用場吧。」

小妖嘆氣說：「你真是愛多管閒事！」說完他用他的三角叉，朝床上的沈香蓮一指，三角叉頂端射出一道雷電，通向沈香蓮的身體。不久沈香蓮的靈魂便脫離她的軀體，出現在我們面前。

沈香蓮看著我們問：「你們是誰呀？」說完她的視線剛好落在床上的她自己，她嚇了一跳說：「難不成我真的死了？」

我說：「妳還沒死，妳真的很想死嗎？」

沈香蓮毫不猶豫地說：「對，我真的很想死。」

「妳一點也不在乎妳背後，那位哭得死去活來的母親嗎？」我指了指仍坐在床緣哭泣的中年婦人。

沈香蓮看著母親，表情黯淡了下來，隔許久她才說：「我知道我對不起他們，讓他們為我傷心難過，但我真的很痛苦、很難受，我真的很愛他……」

「他？妳說妳學長是吧？」

沈香蓮點頭說：「對。」

看著她手腕上那些深淺不一的疤痕，我憤怒地說：「妳為了他自殺能代表什麼？妳這麼做有意義嗎？」

沈香蓮露出怨毒的目光，惡狠狠地說：「我要讓他知道，我可以為他連生命都不要，證明我是用我的生命來愛他，我相信他一定會感動、會後悔，會永遠記得我的……」

「妳覺得他真的會為妳這樣做，而感到心疼、後悔、難過？妳實在是太天真了！他連妳住院都不曾來看妳了，又怎麼會為妳感到難過！」

沈香蓮吞吞吐吐地說：「他……他可能有事不能來，也可能是他爸媽阻止他，不准他過來看我。對，一定是，一定是這樣……」

瞧她仍一副執迷不悟的樣子，我示意小妖拿出魔球。

「我讓妳看看妳深愛的學長，現在正在做什麼？」說完魔球籠罩著我們，瞬間我們來到一座枝葉茂密、人煙稀少的公園。

＊＊＊

「這裡是……」

正當沈香蓮還一臉疑惑時，一對男女調笑聲傳來。

循聲而去，公園一角的長椅上，坐著一對男女，女孩雙臂攬著男孩，軟綿綿地坐在他大腿上，百褶裙下露出整片白皙大腿。而男孩的手，則不安分地在女孩身上不停地四處游移，一副春色無邊，看了令人臉紅心跳。

小妖看著口水都快流了下來，而沈香蓮則目露兇光，光冒三丈地衝上前，想將雙方拉開，但卻是徒勞。

「你們這對狗男女，快點給我分開！」

「沒用的，他們聽不到，而且妳也碰不到他們。」

試了幾次都無用後，沈香蓮轉身開始啜泣起來。我心一軟，正想開口安慰她時，坐在男孩腿上的女孩說話了。

她嗲聲嗲氣地問男孩：「達令，我聽說六班的沈香蓮，因為你而自殺住院了，你知道嗎？」

男孩貪婪地嗅著女孩身上的香味，心不在焉地說：「沈香蓮？誰呀？不認識。」沈香蓮在一旁聽到後，哭得更加激烈，邊哭邊用三字經問候他們。

女孩突然一把推開男孩，板起臉孔說：「哼，你別裝了，大家都知道你之前和她在交往。」

男孩突然恢復記憶，邊摟住女孩邊笑說：「喔……妳說那個醜女喔，她早被我甩了呀！還不是看在她家有錢的份上，才跟她交往的，不然我怎麼可能這麼沒品味，連恐龍都要。」說完兩人笑了起來。

「你好壞喔。」女孩嗲說。

沈香蓮在一旁已快達崩潰狀態，我趕緊安慰說：「現在妳知道他的為人了吧！別再看了，我們走吧。」

當我拉著沈香蓮準備離去時，突然一個粗啞的吼聲傳來。

「陳仕美……」

沈香蓮認出這個聲音，飛快地轉頭，只見一個年邁的中年男子，拖著一條瘸腿，但手上卻握著一把菜刀，發瘋似的向椅子上的男女一拐一拐走去。

沈香蓮摀著嘴，失聲叫了聲：「老爸！」

坐在椅上的兩人嚇得跳了起來，沈香蓮的老爸舉起菜刀指著男孩，怒氣沖天質問：「陳仕美你這臭小子，敢玩弄我女兒，害她為你自殺。現在人都在醫院了，而你居然看也不去看她，你這個王八蛋，有沒有人性呀你……」邊說全身邊顫抖著。

男孩，也就是陳仕美，上上下下打量眼前的男子，蠻不在乎地說：「哼，你這個糟老頭，不去管自己的女兒，跑來管我幹嘛？吃飽沒事幹是吧？她自己笨、自己傻，要怪誰？怪你們自己呀！誰叫你們生了一個又醜又傻的白痴！」

沈香蓮的老爸氣到揚起菜刀，朝陳仕美身上劈去，但卻因為拖著一條瘸腿，行動不利索，於是被陳仕美給輕鬆躲開，甚至還被一把奪下了菜刀。

沈香蓮在旁驚叫連連，小妖則鼓吹叫好。

奪下菜刀後的陳仕美，不屑地將菜刀往旁一丟，掄起拳頭，便朝沈香蓮老爸身上揮去。拳頭如暴雨般打在身上，儘管最後她老爸已整個人被打趴在地，陳仕美還是用腳使勁踹著。

沈香蓮不斷哭喊著：「不要打他，不要打他……啊！不要啊……」

我在旁不忍地閉上了雙眼。

陳仕美邊踹邊向沈香蓮的老爸吐口水，嘲諷說：「想殺我？你們全家都精神不正常啦！女兒迫不及待想被人糟蹋，而老爸呢？則是瘋瘋癲癲想拿刀殺人，全家都是白癡，哈，可憐呀！」說完又吐了口口水，再補上幾腳後，便拉著身旁的女孩離去，留下傷痕累累，倒在地上哀聲連連的老爸。

沈香蓮傷痛欲絕、滿臉鼻涕、淚水地跪在父親面前，自責說：「老爸，我對不起你……嗚嗚嗚，我真是該死……」說完便一個巴掌，一個巴掌的往自己臉上打，我連忙上前阻止。

我將沈香蓮拉起，對著還在痛哭的她問：「現在妳還想死嗎？」

沈香蓮咬牙切齒，氣憤說：「我為什麼要為那個混蛋去死，根本一點都不值得！」說完她看著倒在地下的父親，轉而悲慟說：「我錯了，我不該讓不愛我的人糟蹋我，卻讓愛我的人為我而難過……我以後不會再自殺了，我要好好孝順父母、好好活著，我要讓自己過得更好，不要再為這種人傷心了……」

我拍拍她的頭，溫柔說：「妳明白就好，我們回去吧。」

＊＊＊

回到病房，沈香蓮的靈魂在回去自己身軀前，她問我：「你為什麼要幫我？」

「因為愛一個人的方式有很多種，但決不是不擇手段……」

沈香蓮似乎聽不太懂，但她還是很感激地說：「謝謝你，你真是個好人。」

我苦笑，心裡想著好人不一定有好下場。

沈香蓮的靈魂回到了她自己的身軀，清醒後的她，緊抱著母親不放，大哭道歉說：「對不起，我以後不會再這樣了！」

沈香蓮的母親一時摸不著頭緒，但聽見女兒這麼一說，喜極而泣地拍著她的背說：「知道就好，知道就好。」

接著，母女倆便抱在一起，哭成一團。一旁的壯年男子，應該也是他們的家人，也跟著抱在一起，流下了男兒淚。

沒多久，沈香蓮想起了還倒在地上的父親，於是她停止了哭泣，嚷嚷著要去找老爸。

看到這，我想我能幫的也就到此為止了，便和小妖一起離開。

一路上，小妖對我豎起大拇指說：「你這種捨己為人的精神，真令我敬佩！」

我搖頭，再度苦笑。

「對呀，你這次真的很帥！連我都自嘆不如，而且你知道你已經改變了沈香蓮的下半輩子了嗎？」蠍帥的聲音由「蛇蠍二代」中傳來。

「喔？怎麼說？」

蠍帥解釋：「原本沈香蓮的下半輩子，只要在感情上遇到挫折，便會選擇自殺，日子過得渾渾噩噩，總是為別人而活。但這次經過你的幫助後，她看清了現實的殘酷，不再為他人而活，而是選擇努力活出自我，於是她的命運轉變了，這都是你的功勞。」

「原來如此，不過……唉……」

琴，希望這樣不會害了妳。

＊＊＊

晚上，我到病房沒看到琴，便逕自到她家中找她，但我裡裡外外都遍尋不著，她去哪了呢？

這時一台黑色轎車在大門外停了下來，我從車窗縫隙中，看見琴就坐在裡頭，而送她回來的人居然是漢文！

我急忙趕到車門邊，才剛靠近便聽見漢文說：「我可以吻妳嗎？」

我震驚到腦中一片空白，我呆愣地看著琴的反應，沒想到琴居然點頭，閉上眼等

著！我打翻了醋罈子，內心下著狂風暴雨，我緊咬著下唇，捏緊了拳頭，背過身不想繼續看下去。

嘴唇被我咬到滲出了鮮血，濃濃的血腥味在嘴中擴散，但我卻一點感覺也沒有。

沒多久，窩囊的我轉身逃跑了。

我瘋狂地在馬路上奔馳著，我怒吼、我咆哮、我大叫，但生氣沒有用，喊叫也沒有用。我不能怪琴，她沒有錯，她已經苦苦等了我三年，我能怪她什麼？我只氣我自己，怎麼那麼沒有用。

琴，妳真的對漢文……

妳真的變心了嗎？

4-4

漢文送我回家後，我媽焦急地告訴我，住在基隆的表妹又做傻事了。

於是當晚，我們全家驅車前往基隆長庚醫院，一路上母親不斷打電話詢問表妹情況。最後，母親掛上電話，向我們宣布：「香蓮她沒事了。」大家這才鬆了口氣。

這個傻表妹，已經勸過她好多次，她卻還是依然故我，非弄得大家為她提心吊膽才行，這次我該用什麼方法來勸她呢？

雖然在感情上我們同樣執著，但我和她還是大不相同。她不僅愛錯對象，甚至極端地以自殘的方式來宣洩情緒。而我呢？我並沒有愛錯人，但卻被命運給開了個大玩笑，雖然我曾消沉失意過，但多虧有了家人朋友的陪伴，我才逐漸振作。

路上，我想著千百種說詞，太過嚴厲呢，怕弄得表妹更加想不開。但太過輕描淡寫呢，又怕她左耳進右耳出，下次依然再犯。

唉，該如何拿捏輕重呢？

就這樣一路想著，直到抵達醫院。

＊＊＊

當我們一行人依醫護人員的指示，到達病房門口時，父親一馬當先開門衝了進去。但我們看見的，不僅是躺在床上的香蓮表妹而已，姑丈居然也躺在另一張床上，全身瘀青、傷痕累累，包裹著層層繃帶，差點我們都快認不得他來。

父親驚問：「這怎麼回事？」

姑姑難過得說不出口，表哥憤恨地替她開口說：「還不是想替阿妹報仇，結果反而被那個負心漢給揍成這樣。」

父親咬牙切齒說：「夭壽呀！他自己做出這麼缺德的事，不但自己不檢討，還敢動手打人，實在非常可惡！走，我帶人去找那個臭小子算帳去！」說完立即起身，捲起衣袖，一副要去報血海深仇的模樣。

母親也跟著發火說：「現在的年輕人實在很糟糕！再怎麼說你也是個長輩，怎麼可以這樣目無尊長，真不知道他父母是怎麼教的。」說完拉著情緒激動的父親說：「不用去找他啦，我們直接報警抓他，告他誘拐未成年少女，還有什麼重傷罪的，讓警察抓他去坐牢！」

姑姑立刻緊張地說：「不要，別報警……」

我們轉向姑姑，好奇問：「為什麼不要報警？」

表哥解釋：「因為是我阿爸先拿刀去找他的，所以他可以說他是正當防衛，反而他還有可能反過來控告我阿爸殺人未遂。」聽完大家一片沉默。

接著，母親對躺在床上的姑丈說：「唉，你怎麼這麼衝動呀！」

香蓮終於出聲說：「你們別再責怪我阿爸了，一切都是我不對。都是因為我的任性，才造成今天這局面，我知道錯了，以後不會再犯。這件事就到此為止吧，希望大家別再追究……」

「什麼？就這樣算了？」母親難以置信地問。

香蓮點頭說：「嗯，我看開了，我不想再為那個人生氣、難過，而且仇恨只會滋生更多的仇恨，這樣只會讓我和他繼續糾纏不清下去，所以我選擇放下。」

香蓮的驚人之語，把現場所有人都給嚇了一跳。許久，大家紛紛點頭表示贊許。

「天呀，這是我所認識的沈香蓮嗎？我怎麼覺得妳一夕間成長不少？」我內心感到欣慰。

香蓮苦笑說：「表姊，妳別拿我開心了，我不會永遠是個懵懂無知的小女孩好嗎？」說完大家笑了起來，氣氛頓時輕鬆不少。

我笑問：「告訴我，是不是有人在背後偷偷教妳？」

香蓮神祕笑了笑說：「這是秘密。」大家頓時又笑了起來。

突然，香蓮換了個話題，問我說：「表姊，妳還在等那個叫仁樵的人嗎？」

大家臉上笑容瞬間僵住，氣氛尷尬了起來。

「問這個做什麼？」我故作輕鬆地回答。

「表姊，妳每次都勸我要看開點，告訴我下個男人會更好，但是妳自己呢？還不是跟我一樣半斤八兩……」

「香蓮，妳別再說了！」姑姑大聲喝止她，但香蓮依然繼續說：「不，我還要說。表姊，妳說我總遇到爛男人，告訴我這種男人不值得等待，那麼現在這個叫仁樵的人，他值得妳等待嗎？」

強忍住內心的翻天覆浪，我堅定地說：「嗯，他值得。如果妳能夠見到他的話，妳便會明白了……」

「那漢文呢？難道他就不是好男人嗎？」

我對香蓮怎麼連漢文的事都知道而感到訝異，連忙轉頭看向母親，只見她心虛地撇過頭，裝做若無其事的樣子。瞬間我明白了，鐵定是她多嘴，把我的私事都跟表妹他們給說了，真是的！

眾人均看著我，等著我的答案，我懷疑他們該不會全被漢文給收買了吧。

我敷衍說：「他很好……」

「然後呢？」大家一副八卦的樣子。

「你們現在是怎樣？訊問犯人是吧？我拒絕回答。」我索性閉上嘴，不再說話。

就在大家圍著我，吱吱喳喳說個不停，問號滿天飛時，父親在一旁終於看不下去，他開口說：「你們別再煩她了！」大家這才靜了下來。

父親清了清喉嚨說：「有句話我想送給現場所有人……」大家都豎起耳朵仔細聽著。

「逃避不一定躲得過，轉身不一定最軟弱，失去不一定不再有，面對不一定最難受。有時候只要我們想法能轉個彎，很多事情便能迎刃而解，你們自己好好想想吧。」說完父親還頗具深意地望了我一眼。

失去不一定不再有呀……

我總以為失去仁樵，我便會失去幸福、失去快樂。感覺幸福快樂突然間離我好遠、好遠……

幸福，你現在在哪呢？

快樂，你還會再回來嗎？

4-5

隔幾天，小妖告訴我，他又感應到新的對象。

儘管知道琴與漢文正在交往的事，令我深受打擊，但我沒有多餘的時間可以去憂傷。我必須振作，絕不能讓琴就這麼死去。

這次，我同小妖又來到一間病房。不同的是，這間病房不僅寬敞舒適，房內的設施更是豪華先進，想必是個有錢人家。

只見房內牆邊，擺放著許多寫著祝福「早日康復」的花籃，沙發上堆疊著一堆未拆封的禮物及卡片。

走近病床，才剛走沒幾步，便驚見餐盤，連同飯菜，迎面往我這飛來。幸虧我反應機靈，一閃身敏捷地躲過。但躲過之後我才發現，我閃什麼呀？反正東西也碰不著我。

隨著餐盤落地的「匡啷」聲響，緊接著男子高聲咆哮：「我不吃，妳給我滾出去，滾出去……」

身旁的護士小姐試圖安撫坐在床上的男子，但卻慘遭無情對待，護士小姐只好悻悻然、摸摸鼻子轉身離去。

床上男子年約三十出頭，身材高大強壯，膚色黝黑，頂著個小平頭，一副桀傲不遜的姿態。嗯……等等，這個人我好像見過，我撫著下巴細想……

唉呀，這個人不就是前陣子爆紅的「籃壇之光」高天翔嗎？

高中時的他，便在HBL連續拿下三年的MVP新人王，以及最佳得分王等多項大獎。大學時，其氣勢更是銳不可擋，不僅在SBL賽程中技冠全場，讓對手痛哭流涕。甚至在美國NBA球員來台與台灣選手切磋球技時，更是當著有200公分身高的籃球明星喬丹面前，以相差20公分的身高劣勢，在喬丹面前上演了一記飛身灌籃，漂亮的贏得了這場勝利。這場比賽不僅贏得全國人民的喝采，更將高天翔一把給推進了NBA籃球之路，直至現在回想起當時情境，我依然熱血沸騰、血脈噴張。

然而，如今坐在床上這眼神黯淡、面容憔悴的男子，就是那個曾經風光一時、不可一世的高天翔嗎？

我只記得他後來在一次比賽中，與對方球員發生劇烈碰撞，傷及腿骨，因而停止了賽事……難不成真的是他？

正當我還在觀察床上的人是否真的是高天翔時，床上男子已一把掀開棉被，準備下床，我看見他的整條右腿裹著一層厚厚的石膏。

我出聲警告：「你最好別下床。」但男子的左腳已碰觸地面，接著當他移動右腳想站起身時，卻因劇烈疼痛，而瞬間跌至地上。

守在門外的護士小姐，聽見巨大聲響，立即開門，衝到男子身旁，連忙將他扶起。

「高先生，你現在的腿傷還沒好，請你乖乖躺在床上休息。」護士小姐說。

高先生?他果真是高天翔。

只見高天翔不甩護士小姐，一把將她粗暴地推開，並說：「我要起來，我要打球，我還有訓練要做，我必須趕快飛回美國，我跟喬丹還有一場對決要打呢！」

「高先生，醫生已經宣布你今後不能再打籃球了，請你在這安心養傷，不要再去想籃球的事，你的時代已經結束了！如果你再不聽勸告，今後你可能連走路都無法……」

高天翔情緒激動地指著護士小姐說：「胡說，這不是實話！說，你們是不是受到誰的指使，想要我放棄打球！呵，你們想的美，我才不會上當，籃球是我的生命，是我的生命！」

護士小姐沉穩地說：「高先生，請你冷靜一點。」

「冷靜?妳叫我怎麼冷靜?這一切都是個陰謀，是個巨大的陰謀。」接著，高天翔使勁地抓住護士小姐的手腕說：「快說，你們的幕後主使者是誰?他給妳多少錢要妳這樣說的?他給妳多少我加倍給妳，只要妳告訴我，這一切都是個謊言，你們在騙我對不對？」護士小姐的臉因疼痛而五官扭曲。

「說啊！一百萬美金夠不夠？五百萬？還是要一千萬？」高天翔邊說邊加緊了手上的力道。

護士小姐受不了，痛得直叫：「唉呀，高……高先生，請你放手……」

一陣拉扯過後，高天翔突然鬆手，護士小姐瞬間一個屁股往後跌坐在地上。

高天翔像是發了狂般，不停地怒吼、謾罵、咆哮，兩手更不停地將身邊的東西往牆上摔，似乎想將世界給毀滅一樣，可以摔的他絕不放過，他的情緒已瀕臨崩潰邊緣。

護士小姐被高天翔的舉動給嚇著，趕緊逃離病房，留下持續發狂的高天翔。

小妖搖頭說：「我看他快要瘋了！」接著轉頭問我：「你要拿出蛇蠍二代看看他的資料嗎？」

「不用了，我想我大概知道怎麼回事了。」

一個熱愛籃球，以籃球為生命的運動員，突然遭逢巨變，從身價百萬、受人矚目的籃球新星，一夕間變成乏人問津、病痛縈繞的失意球員。唉，人生的處遇真是難以預料！

我拜讀過他的自傳，看過報導他的專欄，買過他穿過的二手球衣，定時收看他每場賽事，並鑽研他上籃時的帥氣英姿。

他，曾經是我的偶像。

二十分鐘後，病房內就像被龍捲風給掃過般，滿目瘡痍，無一完好之處。當高天翔一股勁的發洩完畢後，他似乎是累了、倦了，突然間他靜了下來。

我想他該不會是在哭吧，於是我慢慢從他背後靠近。

來到正面一看，他一滴淚也沒流，只是空洞地直視前方，我忽然有種不祥的預感。高天祥緩緩移動身軀，雖然他的右腳打著石膏，但他仍緊咬著牙，一步步手腳並用的向窗邊移去……

「千萬別做傻事呀！」我在旁焦急地說。

高天翔來到窗邊，拉開窗簾，正準備推開窗時，原本的護士小姐帶著一位醫生回來了。一見高天翔的舉動，他們驚恐地上前制止，高天翔憤怒掙扎，不顧一切執意要推開窗。

護士小姐見情況危急，連忙高喊其他人過來幫忙，隨即三名壯漢衝進房門，經過一番通力合作後，他們總算將高天翔按壓在床上，醫生連忙打了一針，高天翔不久便昏厥過去。

小妖出聲說：「走吧，換你出馬了。我剛剛幫你看過，高天翔還有三十四年的壽命可活。這次若成功的話，你女朋友就可多活三十四年！雖然比上次少了幾年，但也沒辦法，只好將就一點……」

小妖察覺我毫無反應，他轉頭一看，見我低頭不語，他說：「你不會要告訴我，這次你又想幫他了吧？」

「嗯，你猜對了。」

「天呀！你腦袋燒壞了嗎？這可能是最後唯一的機會了，你卻還想幫別人？我看你一點也不想救你女朋友吧！」

我搖頭說：「我是真的很想救她……但是，我寧可犧牲自己的生命，也不願拿別人因一時衝動，所換來的寶貴性命，這麼做，我會受良心的苛責。」

「唉，好吧，我知道了。」說完小妖用他的三角叉一指，同樣，高天翔的靈魂出現在我們面前。

高天翔的靈魂不發一語的杵在那，眼神空洞，就像顆殞落的星星般，失去原先耀眼的光芒。他那憔悴的臉龐、凹陷的雙頰，與原先炯炯有神、神采飛揚的模樣簡直判若兩人。

「高天翔。」我開口喚他。

高天翔毫無反應，彷彿這世界再也沒有值得令他留戀的地方。

我嘆口氣對他說：「我知道籃球是你的生命，不能打籃球對你來說簡直生不如死，

但你還是可以用另一種方式，來呈現你對籃球的熱愛呀。」

隔了許久，高天翔才冷冷地笑著說：「哼，你又懂什麼？我曾一度認為自己可以呼風喚雨，受眾人愛戴，讓大家為我為之瘋狂，我能名垂千古、流芳百世……但現在呢？你看看我身邊，在我窮困潦倒的時候，竟沒有一個人肯陪在我身邊，連我女朋友都……」高天翔難過得說不下去。

我再次看了看房內，好奇怎麼都沒有人來探望他，於是我打開蛇蠍二代查詢狀況。不久，我露出微笑，抬頭對高天翔說：「你錯了，其實大家都很關心你、很在乎你，只是你沒注意而已。」

高天翔憤怒說：「別盡說些鬼話想騙我！所有人都是勢利眼，瞧我現在落魄潦倒了，全都一個個離我而去，他們關心我？哼，只關心我身上的臭錢而已吧！」

「你別被病痛給蒙蔽了你的理智，睜開你雪亮的眼睛仔細瞧，你身邊滿滿都是大家的關心。球迷寫給你的卡片，你看了沒有？電視媒體播送著大家對你的祝福，你聽見了嗎？你將自己關在這黑暗狹小的病房裡，自顧自的躲起來舔傷口，然後再去數落眾人的不是，你這樣應該嗎？」

「好好好，既然你說大家都關心我，那麼人呢？大家都跑哪去了？」高天翔氣憤說。

「不就是你自個兒把大家趕走的嗎？」

高天翔一時啞口無言。

「你把所有關心你的人推出門外，將自己鎖在象牙塔中。你拒絕別人的幫助與關懷，你認為他們的同情，是在可憐你、嘲笑你。你不僅曲解別人的好意，甚至連跟你在一起八年的女朋友，你也認為她和其他人一樣別有用心……」

「別說了！我不想聽，我不想再聽。」

「不想聽是吧？那麼我就帶你去看，讓你看看大家現在到底在做什麼。」說完我叫小妖拿出魔球，讓魔球帶我和高天翔去了許多地方。

＊＊＊

高天翔的父母四處拜訪名醫，跪在地上懇求醫生，請醫生務必治好兒子的腿傷，只要能換回兒子的自信與驕傲，即使用他們自己的腿來換，他們也願意。

教練及隊友在球場上揮汗如雨地進行訓練，但卻將他的球衣披掛在休息區椅子上，他們說雖然阿翔不在，但他的精神永遠與眾兄弟們同在。

新聞記者不斷訪問球迷及重要人物，大家都真誠地祝福天翔，希望他能振作、不要放棄希望。有個球迷甚至對著鏡頭大喊：「翔翔，雖然你再也不能打籃球了，但你的球技已深深烙印在大家心裡，你永遠是我們的偶像，我愛你……」說完抱著其他球迷痛哭起來。

醫院一樓大廳擠滿了眾多球迷，大家高舉著加油看板，默默守候在此，無論晝夜，全天候為高天翔加油打氣。好幾個球迷拉著維持秩序的員警，哀求上樓見他們的偶像一面，但員警卻板著臉孔說：「高先生說所有人一律不見，你們放棄吧。」

看著看著，我察覺站在身旁的高天翔似乎在顫抖。轉頭一看，原來他早已不可抑止地哭了起來，口中還不停喃喃唸著：「我錯了，我錯了……」

最後，魔球帶我們到醫院旁的空地上。

這地方，抬頭便可見高天翔位於二樓病房的窗戶，只是窗戶依然拉上窗簾緊閉著。而空地上，許多人正亮著手電筒低頭忙碌，有人忙著摺紙鶴，成串繽紛的紙鶴被掛在一旁樹上。有人趴在地上，拿著麥克筆，專注寫著加油看板。同時，在這我們也見到了高天翔的女朋友。

「啊，是小青！她在這做什麼？」

我們繞過人群，來到小青身邊。她正從地上站起，地上有條很長的黃布條，上頭寫著大大幾個字：「高天翔，我們愛你！」大字兩旁，有許多小字寫著加油話語，後頭還有眾人的連署簽名。

高天翔看著小青剛剛所寫下的字：

「翔，不管你多麼痛苦，我都會在你身邊。請你不要放棄自己，我永遠愛你！」

高天翔看完，難過得不能自己，眼淚數度決堤而下。

站起身的小青對眾人說：「大家小聲點，不要打擾到醫院其他人。明天中午我會到病房探望他，到時我從裡頭推開窗後，你們就立刻高喊『高天翔，我們愛你！你是我們心中永遠的偶像！』這樣可以嗎？」眾人有默契地安靜點頭後，又繼續低頭進行手邊的工作。

「真蠢！」高天翔忽然背過身說：「我們回去吧。」

「那麼你還想死嗎？」我問。

「呵，我不會死的，如果我死了，就真的太對不起大家了！」說完他恢復到以往自信高傲的模樣。

我笑著點頭，接著送高天翔的靈魂回到他軀體。

甦醒後的高天翔，立刻喚護士小姐進來說：「剛剛真是對不起，謝謝你們對我的包容與照顧，謝謝。」

原本面帶恐懼的護士小姐，還以為又要被臭罵一頓，聽完高天翔的話後，目瞪口呆，一時反應不過來。

「還有，我不再謝絕訪客了，請讓樓下的球迷可以上來探望我，謝謝。」

被突如其來轉變給嚇到的護士小姐，只能連聲說：「是，是。」

「最後，請妳幫我將沙發上的那堆卡片拿給我，此外就沒有別的事了，妳可以去休息。」

護士小姐將卡片抱給高天翔後，便一臉莫名奇妙地步出房門。

高天翔開啟那一張張從未打開過的卡片，逐一讀著上頭內容，臉上時而喜悅時而感動，眼淚也跟著悄悄滑落眼角。

我想應該沒有我們的事了，雖然明天中午還有場好戲可看，但我必須去找尋下一個對象，於是我便同小妖離去。

「你不後悔？就只剩明天了，如果找不到對象的話，那你女朋友……」小妖問。

「如果真的找不到……」我頓了頓，豁達地說：「那就用我的生命吧。」

如果我倆不能長相守，

那就用我的生命來換妳日後的幸福……

4-6

這次到基隆探望表妹，姑姑很熱情的邀我們在她那住一晚，在盛情難卻之下，我們留了下來，我還向公司請了個假。

星期一一早醒來，不知怎麼的，我老覺得心神不寧，眼皮直跳個不停。中午到醫院探望完表妹後，傍晚我便獨自一個人到河邊散步，想讓自己平靜一下。

走著走著，忽然聽見一聲：「救命呀！」

我四處張望，尋找聲音來源，卻再也沒聽見任何呼救聲。

「難不成是我錯覺？」

正當我還在狐疑時，又聽見一聲微弱的求救聲：「救命……」

這次，肯定沒聽錯，我趕緊朝聲音的方向奔去。

在湍急的河流中央，有個載浮載沉的小女孩，她雙手胡亂揮舞，拼命掙扎，想呼救卻被灌進嘴的河水給嗆得發不出聲。眼看她意識逐漸模糊，掙扎的雙手也漸漸無力垂下，小女孩的阿嬤氣喘噓噓地從遠方奔了過來。

阿嬤見孫女一副快滅頂的模樣，焦急地哭喊：「救人啦！救人喔……原本還好好的在那邊玩，那乀安捏啦！(台語)」

我看了看周圍，沒有任何可以救援的工具，瞧小女孩不再掙扎，整顆頭也沒入河中，我連忙脫掉身上外套，深深吸了口氣，奮不顧身跳下河。

「仁樵，請賜給我勇氣與力量，如果是你，絕不會見死不救的。」我一邊奮力游向小女孩，一邊為自己加油打氣說：「琴，勇敢點。」

經幾番折騰，我一手抱著奄奄一息的小女孩，一手努力向岸邊游去。

靠岸後，我將手上小女孩交給阿嬤，阿嬤高興地不斷向我道謝，我虛弱地笑了笑。

當我想起身上岸時，不知怎麼的，一點力氣都使不上。接著，被一股強勁的水流一沖，我被沖離了岸邊。我使勁地想再次游上岸，但我的身體卻不聽使喚，岸邊離我越來越遠。

我的四肢冰涼，意識也逐漸模糊，我看見小女孩的阿嬤張著大嘴，口中焦急得不知在喊些什麼。不久，有許多人朝岸邊奔來，然後我就不省人事了。

隱隱約約，我聽見大家對我的呼喚，以及刺耳的救護車警鳴。

我努力想睜開眼，動動手指，但是我無法，我無法……

我好倦，好累，好想睡……

第五章　復活

5-1

最後一天了，都已過日上三竿，但小妖卻始終沒感應到任何對象。

我急得在原地走來走去，一會兒焦躁難安，一會兒灰心喪志的，內心真可說有數不盡的煎熬。

小妖看著我，好心地說：「別光在那走來走去，坐下來休息一下吧。」

我頹然坐下，難過沮喪、焦急自責，這些都無法說明我目前的心情。我萬念俱灰地告訴小妖：「如果到傍晚五點前，還是找不到對象的話……那就把我剩下的壽命給琴吧。」

「嗯……」

我抓著小妖認真說：「我要你對我保證，你一定，一定會為我辦到。」

「放心，我向你保證，我一定會為你辦到。但你也別悲觀得太早，現在還有希望不是嗎？」

我有氣無力地點頭，希望一切不會太遲。

過了午後，小妖高興地叫道：「啊，我感應到了！」

我欣喜若狂說：「太好了！快，我們快走。」

「嗯，走吧。希望這次，你別再讓機會溜走了……」小妖意有所指的看著我。

我沒答腔，急迫的時間壓力早已逼得我無法思考。

＊＊＊

隨著魔球，我們來到一間明亮簡單的病房。

病房雖小，但卻打掃得乾淨整潔，該有的東西都有。一旁小桌上，立著一張全張福合照，照片裡一對年輕夫妻，抱著兩個孩子，背景是一片美麗的白色沙灘，陽光下的他們笑容燦爛。

相框旁貼著幾張便利貼，上頭寫著：

「媽媽，妳要加油！妳一定會好起來的。」

「媽咪，妮妮最近學會自己做三明治喔。以前媽咪總會做給我們吃，現在我學會了，就可以做給媽咪吃了。媽咪，我們愛妳，妳一定要好起來，再為妮妮做好吃的三明治。」

仔細一看，便利貼上還有幾滴淚漬，把中間幾個字給弄糊了。

轉頭看向躺在床上的病人，我吃了一驚。

這就是他們的媽媽嗎？怎麼會變成這樣？

只見一個婦人閉著眼，全身骨瘦如材，頭髮全沒了，眼窩、雙頰凹陷，全身上下佈滿插管，而黃澄澄的液體，正緩緩地沿著管子，注入她體內。

我二話不說，立刻拿出「蛇蠍二代」詢問蛇姬，蛇姬打開婦人檔案，讓我查看她的資料。

蔡淑敏，三十八歲，已婚，育有兩個子女。

三年前發現罹患肺癌，在治療過程中，曾因不堪病魔折磨，而萌生想一走了之的念頭，但在丈夫及孩子的鼓勵下，又有繼續存活的勇氣。

半年前，治療進度突然停滯，無所進展。無意間又聽見醫生說，自己的病可能好不起來，下半輩子必須在病床上渡過……

剩餘壽命還有二十五年……

看完後，我沉默不語。

「別再猶豫不決，這是最後機會了！」說完小妖逕自將蔡淑敏的靈魂給叫了出來。

蔡淑敏的靈魂見自己竟離開了病床，高興地說：「我可以站起來了？這怎麼可能？」接著她看到我這陌生人，嚇了一跳問：「你是誰？」

「我有事想跟妳商量。」我心情頗為沉重。

簡單將事情來龍去脈做個交代，也說明我的來意後，蔡淑敏聽完，含著淚不發一語，久久她才開口說：「原來我並沒有康復……」

見她難過，我不忍地說：「我不勉強妳答應，畢竟妳有疼妳的丈夫，還有兩個愛妳的孩子，妳可以和他們在一起，這也算是一種幸福了……就當我們沒說，小妖，走吧。」

「什麼！就這麼走了？」小妖尖叫。

「別說了。」

當我轉身準備離去時，蔡淑敏叫住了我，我看著她心裡忐忑不安。

「我願意，我願意幫你。」她說。

「可是妳……」我雖欣喜若狂，但又對她感到抱歉。

蔡淑敏看著桌上那張全家福照片，對我說：「我知道我是一個幸福的人，丈夫及兩個孩子不分晝夜的照顧我，他們從沒喊過一句累，或說過一句抱怨的話，有的只是數不盡的愛，及加油打氣的話語……我知道他們愛我，希望我繼續活下去，但……我明白在他們的笑容背後，其實蘊藏著無數的壓力與痛苦。我們家經濟並不富裕，這三年來的開銷，已將他們給壓得喘不過氣，更何況他們還要花時間精力來照顧我……而我父母也都臥病在床，需要人照顧。丈夫他憔悴了，兩個孩子也成熟懂事了，但他們原本天真無憂的笑容也逝去了……」

我點頭，被她的真誠給感動。

我真的要剝奪這麼善良的人生命嗎？她是個偉大的母親、溫柔的妻子、孝順的女兒，她是多麼的善解人意呀！但我卻，我卻要……

蔡淑敏繼續說：「我知道這樣或許很自私，只求自己能從中解脫，但我的病我自己清楚。從小我便是個藥罐子，現在病倒了，只會拖累身旁其他人……我希望我的解脫，能換回家人們的解脫……我知道他們會傷心、會難過，但長痛不如短痛，我希望他們能放手，讓我輕鬆無負擔的離開這人世……」

「妳別灰心，或許妳的病會有轉機……」

蔡淑敏搖頭說：「在聽完你的故事後，更堅定了我的決心。如果，我剩下的生命，可以對另一個人有所幫助的話，與其讓我一輩子躺在床上，還不如讓給別人去活得精彩。」

我感動得說不出任何話，眼眶裡溢滿了淚水。

「年輕人，我知道你一定很愛你女朋友，她實在是個幸福的女孩，你一定要好好照顧她，讓她幸福……這樣，我也會為你們感到高興的……」

我一時情緒激動，眼淚也奪眶而出，我知道男兒有淚不輕彈，但我還是不由自主，像個孩子般地，抱著蔡淑敏哭了起來。

我抽抽噎噎地說：「我會的，我會好好照顧她、愛她一輩子的……我會讓她幸福快樂……我，我不會忘記妳的，妳的大恩大德我實在無以回報……」說完我跪了下來。

蔡淑敏連忙拉起我說：「傻孩子，別這樣。」她的眼淚也滾了下來。

就這樣哭了不知多久，小妖慌忙提醒我說：「快點，快來不及了！已經四點半了，你的女朋友現在應該在救護車上……」

我一驚，趕緊抹乾臉上淚水，不捨地望著蔡淑敏。

「請你們讓我回去，讓我和家人說個幾句話好嗎？」蔡淑敏哽咽說。

「當然沒問題。」小妖將蔡淑敏的靈魂送回她軀體。

醒來後的蔡淑敏，掙扎地動了動身子，發出沙沙聲響，驚醒了睡在一旁沙發上的丈夫。

原來她丈夫就在旁邊呀，剛才竟沒注意到。

清醒後的丈夫，立刻來到妻子身旁，握著她的手，關心問：「小敏，妳怎麼啦？妳想說什麼嗎？」他拿起桌上的便條紙與筆，遞到妻子手中。

原來，她連說話都不行了……

只見蔡淑敏艱難地在紙上寫著：

「對不起，阿傑，我要離你們而去了。

請別為我難過，我要用我的生命幫助一個善良的孩子。
希望你能好好照顧妮妮和龐龐，我愛你們。
我會在天國守護你們的。
此外，我過世後請將我的器官捐給需要幫助的人。
愛妳的敏絕筆。」

字，歪歪扭扭的寫在紙上，寫了許久才總算停筆。

丈夫阿傑將紙拿近一看，立即臉色發白，他驚恐地抓著妻子肩膀說：「妳在說什麼?我怎麼都看不懂。我不准妳走，妳聽見沒有。就算再怎麼苦，我們也撐的下去……別走，淑敏，淑敏，淑敏……」說完阿傑開始大聲呼叫：「醫生，你快來呀，醫生……」

蔡淑敏突然抓著丈夫的手，搖搖頭示意他別叫，她的眼神堅定，一副下定決心的樣子，阿傑頹然地掩面傷心了起來。

蔡淑敏對著我點頭，示意我可以動手了，就在我要動手之際，她突然出聲說了一句：「阿傑，我愛你……」

阿傑的身體一震，他抬頭，望著妻子驚愕不已。

蔡淑敏輕輕泛出微笑，笑得既安祥又溫暖，猶如春風拂過般，她的眼角也在此時流下了兩滴晶瑩淚珠。接著她就帶著微笑，慢慢地闔上了眼睛。阿傑緊握著妻子的手難過

得痛哭失聲。

小妖將蔡淑敏的生命，化成一顆晶瑩的藍色玻璃珠，珠子像有靈性似的，不僅閃耀動人，裡頭更如湧泉般，不停從中心冒出源源不絕的液體，在珠子裡四處流動。

「這裡頭就是生命？」我好奇問。

小妖點頭，於是我小心翼翼收好珠子。臨走前，回頭望了一眼蔡淑敏和她丈夫，我輕聲說了句：「謝謝。」

路上，我問小妖：「剛剛那是怎麼回事？」

「你說最後她開口說話的事呀？」

「嗯。」

「是我幫她的。」

「你心腸真好。」

「拜託，我又不是鐵石心腸，這點小事我還幫的上。」小妖臉紅了。

我含笑望著他，他不好意思將頭一撇，別過頭去。

＊＊＊

快五點時，我們抵達琴所在的醫院。

琴被一群身穿藍色制服的人所圍繞，我們到的時候，主治醫生正好停下手邊工作，嘆氣地轉身離開急診室。沒多久，門外傳來琴母親呼天喊地的哭聲，以及他人的啜泣。

我著急問小妖：「還來的及嗎？該怎麼做？」

小妖將珠子往琴身上一擲，珠子隨即鑽進她體內，接著一旁已靜止的心電圖，忽然開始跳動。留在房內善後的醫護人員，像發現奇蹟似的，驚喜地呼喚主治醫生。

琴慢慢的睜開眼睛，她醒了，像睡了一個世紀般。

她坐起身環顧四周，一開始她的眼神是迷濛、渙散的，接著她想起了事情經過，開始嗚嗚啜泣。

主治醫生急忙趕來，後頭跟著琴的父母及其他親屬，當大家看見琴好端端地坐在床上時，大家第一時間全嚇傻了。

低頭啜泣的琴，一見大家，情緒瞬間爆發，「哇」的一聲大哭起來。

我既開心又心疼的奔向琴，想給她一個擁抱，但我卻撲了個空，我壓根忘了我還碰觸不到她。

這時我身旁突然竄出一條人影，他快速來到琴身邊，緊抱著她顫抖的身軀，輕聲安撫她。

是……漢文！我臉上立即蒙上一層陰霾。

琴在漢文懷裡放聲大哭，她抖聲說：「我好害怕……好怕……」

琴的父母、妤茜等人也通通圍在她身邊，不斷地安慰她。

為什麼?應該是我來安慰她的……

為什麼?只有我無法安慰她……

琴依舊緊抱著漢文哭泣，而漢文則直拍她的背說：「乖，不哭，事情已經過去了。」

難過、傷心、嫉妒、憤怒、無奈……負面情緒排山倒海向我襲來，我再也無法忍受，牙一咬，轉身跑了。

一路跑，我一路大叫：「死神，你給我出來！我已經完成所有任務了，快讓我回去我的軀體，聽見沒有?你出來……」

「好啦，我聽見了，你別再大聲嚷嚷。」死神不知何時又無聲無息地出現在我背後。

我轉過身，情緒激動地抓著他說：「快讓我回去，快讓我回去！」

「好啦，好啦，我會讓你回去的。」

「現在，我現在就要回到我的身體裡。」我堅持。

死神轉著他那快掉出來的眼珠子，慢吞吞地說：「這個嘛，可能沒有辦法……」

「你剛不是答應我要讓我回去的嗎？怎麼現在又說沒辦法？你在耍我是吧？」我氣得臉色漲紅。

死神沉下臉，冰冷地說：「小子，你知道你在跟誰說話嗎？把我惹惱了，對你可是沒有任何好處。」

小妖立刻出面緩和說：「死神大人，別生氣呀！這小子急昏了頭，才會這樣子跟你說話，您大人有大量，就別跟他一般見識。」

「哼！」死神別過頭去。

小妖推撞我，要我和死神道歉。

我深深吸了口氣，這才說：「剛剛是我太衝動了，對不起。」

「這還差不多。」死神滿意地點頭，接著他說：「關於你的事，我必須公文上奏，等上頭批准了，訂好你的復甦之日，你才能回到你的身軀。」

我急問：「那要等多久？」

「至少一個禮拜吧。」

「什麼？這麼久！你們辦事也太沒效率了吧。」我火氣又上來。

「呵，那你們人類辦事效率是有多高？」死神嘲諷說。

「那可以幫我送急件嗎？」我哀求。

「你以為你的事很重要嗎？」死神開始不耐煩。

小妖捏了捏我，要我閉嘴，於是我不再多問，但我的臉色也好不到哪去。

「總之，到時有消息再通知你，就這樣，我走了。」說完死神消失了。

我重重嘆了口氣，不知該如何渡過這一個禮拜。

小妖安慰我說：「別失望啦！只是再多等一陣子而已，很快你就可以回去人世啦。」

我點頭，內心卻極度不安。

等，還要再等呀……

5-2

我在河裡掙扎，不停地想求救，但聲音像卡在喉嚨似的，我使勁想叫出聲，卻一點聲音也擠不出來。

河邊有好多人在看，他們在笑，插著腰在一旁冷眼看著。

我好害怕，他們是誰？為什麼不來救我？

當我繼續試圖掙扎時，河底突然有股力量，一把將我往下拉。

我沉了下去，不斷地向下沉……

我努力想擺脫，但周圍有更多的力量在拉扯著我。我吃力地睜開眼，往下一看，我的腳踝上，有一雙乾枯的手，手的主人有著一頭黑色長髮，長髮覆蓋住臉孔，使我看不清她的模樣。

飄散在水中的長髮，突然像有了生命般，沿著我的腳踝、小腿、膝蓋，不停往我身上纏繞上來，我瞪著那頭噁心黑髮，驚恐不已。

這時，我看見了那個人的臉。

那個人，雖然外觀看來確實是個人，但她卻像個乾枯的木乃伊，臉上不僅沒有眼珠子，皮膚更是坑坑洞洞，幾條小魚正啃噬著她臉上殘餘的腐肉，而另有一條小魚正從她臉上的坑洞鑽出。

我嚇得冷汗直冒，抓著已纏繞住我脖子的頭髮，使勁想扯斷。

那個人露出沒有牙的嘴，對我陰笑著說：「誰叫妳要救那個孩子，現在就換妳來當我的替死鬼啦！嘿嘿嘿……」說完，身旁出現了更多隻手，齊力將我往下拉。

我失聲尖叫：「不要，不要，救命呀！」

猛一睜開眼，坐起身，心臟不停怦怦跳著。

是夢！原來是夢。

母親聽見尖叫，趕來我身邊，抱著我說：「小琴別怕，媽媽在這，別怕。」

我環抱自己雙臂，縮成一團，顫抖說：「我又做噩夢了……」

回想剛才的可怕夢境，恐懼再度浮上心頭，但見母親一臉擔憂的模樣，我連忙說：「沒什麼，我沒事。」

「叩叩叩。」敲門聲響起。

「伯母好，琴妳醒了呀？」漢文笑著走了進來。

母親對漢文說：「小琴剛剛又做噩夢了。」

漢文連忙將手上東西往桌上一擱，擔憂地坐到我身旁問：「沒事吧？」

母親識趣地走開，到一旁整理我的衣物。

漢文一手握著我顫抖的雙手，另一手輕摸我的頭，溫柔又不捨的輕聲說：「別怕，我會在妳身旁陪妳的。當妳害怕的時候，只要一通電話，不管我在做什麼，我一定立刻趕過來。」

不知怎麼的，漢文的話，似乎帶種催眠魔力，使我原本紛紛擾擾的心，瞬間靜了下來。

「還有，我告訴妳一個方法，當妳害怕的時候，妳就伸出左掌心，然後用右手沾點口水，在上面寫三個『文』字，這樣妳就不會害怕了。」

我噗哧一聲笑了出來。

「沒想到你也迷信？只不過我記得一般不是寫個『人』字嗎？更何況那不是消痛的方法？」

「呵，這是我自己發明的，『文』當然就是代表我嚕！當妳害怕的時候，想想我，我會給妳力量，這樣妳就不會害怕了。」

我恍然大悟，紅著臉說：「好啊，你敢騙我！你以前都不會這樣的，從哪學來的？」

「當然是為了讓妳笑學來的呀。」漢文認真地看著我。

為了讓我笑？嗯……我想想，最近的確很少笑，上次笑是什麼時候呀？嗯，不記得了。

為了讓我笑……為了我……

為我……

這句話，不停在我腦中迴盪著，每想到一次，我的心跳就加快一次。直到我的心直怦怦跳個不停，似乎快跳出體外，我才趕緊鑽進被窩，將我的窘態藏起，整個臉燒了起來。

唉唷，我怎麼這樣，丟死人了！

漢文被我的反應給弄得摸不著頭緒，他扯著我緊抓的棉被問：「琴，妳怎麼了？是不是我說錯話惹惱了妳？」

「不是。」我拼命抓著被子。

「那妳到底怎麼了？」漢文苦惱。

母親跳出來說：「她呀，她在害羞啦！都老大不小了，還像個小女孩一樣。現在的她一定像隻煮熟的蝦子，紅透了。」

我在被窩裡氣得牙癢癢，這可惡的老媽，盡幫著外人不幫自己女兒，我才是妳親生女兒耶！居然害我出醜，讓漢文在一旁看笑話，實在太可惡了！

我一把將被子掀開，坐起身大聲說：「我才沒有呢！」

母親暗自偷笑，得意地對漢文說：「你看吧。」

我氣嘟嘟地將臉轉向一旁，不甘示弱地說：「我臉紅是因為這裡太悶了。」

我用眼角餘光偷偷看向漢文，只見他眼裡閃爍著光芒，臉上笑意也濃了些。

＊＊＊

在醫院休養了一個禮拜，終於要出院了。

其實我根本沒怎樣，早就可以出院，但我那愛操心的父母，卻硬逼著我，要我非得好好休養才行，我不敢違抗，只能在醫院當隻悠閒的米蟲。

出院這天，漢文過來幫我收拾一些東西，爸媽則去櫃檯辦理出院手續。

經過這次溺水事件，這一個禮拜以來，我想了很久。

我看著一旁幫我收拾東西的漢文，回想起這幾天，他對我無微不至的照顧。

終於，我想通了。

收拾完畢的漢文，提著我的行李，過來牽我的手，準備帶我離開。但我的腳卻杵在原地動也不動，漢文困惑地看著我。

在他出聲前，我便開口說：「我願意。」

漢文丈二摸不著金剛的問：「妳說……」

不久，他終於明白我的意思，他瞪大著眼，小心翼翼地問：「妳是說……妳願意？」說著便從口袋裡，摸出一直放在身上的戒指盒。

我點了點頭，他興奮地手舞足蹈。

「你是這樣向人求婚的嗎？」我佯裝生氣。

漢文立刻單腳跪下，打開手中的戒指盒。

戒指，獲得了解脫，立即綻放出它最耀眼的光芒。

漢文深情地望著我說：「琴，妳願意嫁給我嗎？雖然我知道我不是妳的最愛，但是，我願意……我願意用我的下半輩子守護妳、呵護妳，讓妳成為世上最幸福的女人。」

我流淚了，晶瑩的淚滴順著臉龐滑落，我點頭，答應了。

漢文將戒指套在我無名指上，淚流得更多……

哭什麼？為漢文的肺腑之言感動？為仁樵的不可能醒來難過？還是為自己和仁樵的有緣無份哀傷？不知道，我什麼都不知道，或許，都有吧。

「你們倆在上面磨蹭什麼？我跟妳媽在樓下等到都快睡著。」爸媽身影出現在房門口。

見到現場情況，他們先是一愣，接著在看到我手上的戒指後，母親便撲過來緊擁著我，開心地哭著。

母親紅著眼說：「我的好女兒，媽媽的心肝寶貝，妳終於要嫁人了，媽媽真為妳感到高興。」

父親勾著漢文的脖子，語帶威脅說：「好小子，如果你以後敢欺負我女兒，敢讓她掉一滴淚的話，我絕不會放過你。」

「伯父，你放心，我不會讓你失望的。」漢文微笑保證。

於是，我和漢文的婚期訂了，而且訂得很快，就訂在下個月一號。我父母認為我需要沖個喜，來趕走那發生在我身上的穢氣事件，而漢文父母也希望能早點抱孫，所以這事就這麼迅速敲定。

這樣也好，大家都開心，這樣應該是最好的結局了……

5-3

琴住院的這幾天，我天天陪在她身旁。

她被噩夢嚇醒時，我抱著她，輕拍她的背，想為她拍去可怕的噩夢；她孤單無聊時，我在旁握住她的手，輕聲傾訴我對她的愛意與思念。

我在旁陪著她、擁著她、安慰她，儘管她無法感受到，也儘管她身旁已有人取代了我的地位……

在醫院，每天都有人來探望琴，除了琴的父母外，跑最勤的就是漢文了。常常他中午來過，晚上又會出現，每回手上總帶著香噴噴的便當，以及琴最愛的香水百合。他對琴的嘘寒問暖與殷勤照顧，一切我都看在眼裡，心裡更有著萬般說不出的滋味。

他的確很愛琴，我在他身上彷彿看見從前的自己。我也察覺琴似乎……似乎對漢文……

唉……

正當我愣愣地想出神時，小妖突然冒出來，興奮地告訴我：「別垂頭喪氣，告訴你一個好消息，你重返陽界的日期已經確定了。」

「真的?什麼時候?」

「下個月一號早上八點，恭喜你。」

我將這個日期牢記在心，口中不停唸著：「下個月一號早上八點，下個月一號……」

＊＊＊

琴在醫院的第七天，終於要出院了。

這天琴的父母及漢文，一早便來幫忙收拾東西，我幫不上忙，只能在一旁看著。

這時，琴不知怎麼了，直望著漢文的背影，一副若有所思的樣子。當漢文來帶她離開時，她動也不動，我跟漢文都好奇地看著她。

琴突然沒頭沒腦的說了一句：「我願意。」

我跟漢文先是愣了一下，接著我想起那晚漢文向琴開口求婚的情形，我像被雷擊中般，我聽見理智在腦中斷裂，心臟也跟著冰凍破碎，我腦中只剩一片空白。

小妖在我身旁，嘴巴一開一闔的，似乎想對我說些什麼，但我的耳朵早已關上。我只看見漢文開心的模樣，琴流淚點頭的模樣，伯父伯母欣喜的模樣……

這次，沒有發狂，沒有激動，也沒有憤怒，我淡淡地對琴和漢文說了句：「恭喜。」

我轉身，獨自拖著沉重步伐，黯然離去。

這裡，已經沒有我存在的必要了……

離開病房，走在醫院走廊，每踏一步，我破碎的心就失去一塊。走著走著，我突然不可抑止地大笑起來。

我瀟灑地笑，狂放不羈地笑，我跟每個和我擦身而過的人說：

「他們要結婚了，恭喜他們！啊哈哈哈……」

「祝他們早生貴子、多子多孫。」

「很好，他比我有錢，也比我溫柔。金童玉女，郎才女貌，嫁給他是對的。啊哈哈哈……」

「走，我們一起去喝酒，慶祝他們的喜事，走。」

「啊哈哈哈，啊哈哈，啊哈……啊啊，啊啊啊……」

到最後我已分不清，我到底是在笑，抑是在叫。我痛苦地彎下身，蹲在地上，雙手抱著頭，盡情地宣洩，眼淚鼻涕這一刻全飆了出來。

十分鐘後，淚水或許盡了、乾了，聲音或許啞了，總之我不再有任何動靜。

小妖的聲音傳來：「看你這樣我很難過，振作點，酒不能澆愁，更何況你也碰不了酒……不，我的意思是說，他們還沒結婚，你還有挽回的機會。」

「不，來不及了……」

我起身，再度舉起沉重的腳步，茫然離去。

＊＊＊

三天後。

我坐在公園長椅上，呆滯地看著前方，心中一片惘然。今後我該何去何從？

我淒涼一笑，搖晃著自己腦袋。

我真傻，像個蠢蛋一樣，愚不可及。想起之前所做的那些努力，一切全白費了，真諷刺！

「終於找到你了。」小妖聲音傳來。

「找我做什麼？任務不是完成了？我們之間已經沒有任何瓜葛，找我是要恥笑我？還是要看我笑話？」我瞧也不瞧他一眼。

小妖怒說：「你不要一直在那自怨自憐的，像個男人好嗎？」

我哼了一聲，並不答話。

小妖繼續說，但這次他似乎有些猶豫：「你……有好幾天沒去見你女朋友了吧？」

我冷冷地說：「她已經不是我女朋友了。」

小妖嘆口氣說：「你的女朋友……」

我轉頭瞪他一眼，他連忙改口說：「不，是那個叫楊琴的女孩，她……她和漢文的婚期已經確定了。」

「喔。」我的心又刺痛了。

「日期就訂在下個月一號。」

下個月一號……這日期聽起來好耳熟。

啊，這……這不是我靈魂回到軀體的日期嗎？

先是沉默了一會兒，接著我笑了：「呵，命運還真愛開我玩笑。」

「你還有機會呀！」

「來不及了。」

「胡說，只要你在他們步入禮堂前出現，還是來的及的。」

我看著遠方，茫然說：「就算來的及又怎樣？我的出現只會讓大家尷尬，琴說不定……說不定真的想嫁給漢文，也許她對我的愛早已逝去。我的出現，對他們來說，或許是個災難……」

「才怪！她心裡一直有你存在，如果你出現，大家一定會為你感到開心，那個叫楊琴的女孩也會高興的，你不要想得太負面。」蛇姬的聲音突然傳來。

「對呀，為了這點事打退堂鼓，還算個男人嗎？」蠍帥也說。

我嚇了一跳，轉頭找尋著他們。

小妖說：「他們倆夫婦在得知你的情形後，便堅持一定要來看你。」說完蛇蠍二代便出現在我面前。

蠍帥動了動鉗子，對我說：「小子，振作點，去把你的女朋友給搶回來吧！」

「是呀，你女朋友最愛的還是你，我們大家都看的出來，如果你能出現，她會很開心的。」蛇姬扭動著蛇身說。

我嘆氣，無奈地搖頭。

接著，他們三個便你一言我一句地說：

「愛情並不能施捨，別把她讓給你的朋友。」

「去追回來，即使結果很受傷，你也要去試試看。」

「昨天，你女朋友到床邊和你說她要結婚的消息，說著說著便伏在你身上哭了起來，哭到兩眼發腫，這樣，你還懷疑她對你的愛嗎？」

「她這麼愛你，你真的捨得拋開她嗎？」

「去吧，去找回你的幸福，我們支持你。」

「嗯，去吧。」

「加油喔，帥哥。」

半小時後……

就在他們輪番勸說下，原本內心冰凍如雪的我，心底突然竄升起一股火苗，火苗不斷燃燒、茁壯、擴大，使我覺得血液沸騰、鬥志旺盛，眼神也亮著自信光芒，最重要的，我內心充滿了光明與希望。

我霍然起身說：「我知道該怎麼做了，謝謝你們。」

他們三個見我總算恢復自信，都開心地笑著。

對不起，琴，剛剛曾一度想將妳放棄。

雖然我不知道，我的出現，對妳來說是驚恐多一點，還是喜悅多一點。但是，有句話我一定要當面對妳說……

妳最想聽的那三個字……

5-4

蕾絲滾邊的白色魚尾禮服，有著合宜剪裁，襯托出女性完美曲線。頭髮盤成一個高髻，上頭綴朵美麗鮮花，長白頭紗垂在身後，顯得莊重又典雅。臉上覆蓋無瑕妝容，使肌膚看來不僅吹彈可破，氣色也顯得紅潤有朝氣。

我坐在梳妝台前，屏息凝望鏡中自己，眼前這優雅迷人的新娘子，真的是我？

好茜及母親站在我身旁，母親不捨的抱著我說：「小琴，我美麗的女兒，今天妳終於要出嫁了，媽媽真為妳感到高興，以後有空記得常回來家裡走走。」說著母親的眼淚掉了下來。

「媽，我會的，妳別哭。」我眼眶也跟著泛紅。

母親抹了抹淚說：「妳看我，這怎麼的，講著講著卻哭了起來，到時害妳哭花了妝容，那可就糟了！」

「阿姨，您別難過，琴以後會常回來看您的。」好茜轉頭笑咪咪地對我說：「琴，妳今天可真美，等會兒漢文見到妳，一定會看傻了。」

我擠出笑容，心中有些欣喜又帶點惆悵。

好茜繼續說：「能看到妳和漢文結婚，我真為妳倆感到高興。這樣，漢文就不用再

每天看著妳的照片癡癡顛顛的了。」

好茜見我還是一臉愁容，她問：「琴，怎麼了？開心點，別愁眉不展的，等等新郎倌就要到了……」

我打斷她的話，突然說：「我可以一個人靜一靜嗎？」

好茜與母親互看一眼，接著點頭，一起步出房間。

臨走前，母親不忘提醒我：「等會兒出門記得披件厚外套，今天外頭特別冷。喔，還有，我為妳準備了暖暖包，記得帶上車，我可不希望妳在婚禮上病倒了。」

見我點頭，母親這才放心將房門闔上，和好茜一同離開。

房間恢復了寂靜，只剩我一人。

拉開抽屜，取出已收起的仁樵照片，相片中的他，笑容燦爛。

我輕撫著照片中的他，低聲說：「對不起，仁樵，不能讓你見到披上白紗的我……原本，這應該是為你而披的，但現在，一切都變了……對不起……」我哽咽了。

忽然間，隔壁牆裡傳來鄰居電視機的聲音。

他們不知怎麼搞的，一大早就將電視音量開得大聲，擾亂了原先的寧靜。

對方正看著新聞，電視裡傳來女主播的聲音：「現在，為你插播一則重要新聞。今天清晨，最低溫在淡水，出現了有史以來零下三度的低溫。奇蹟似的，淡水現在居然下起雪，目前已持續下了一個小時，可說是建國百年來的難得奇景……」

我心臟猛然一跳，什麼！她剛剛說什麼？

她說……淡水下雪了！

這則新聞使我驚得從椅子上彈起，我豎起耳朵，整個人貼在牆上，想再確認清楚，我剛剛聽到的是真的嗎？

原本女主播的聲音消失了，取而代之，另一男子的聲音傳來：「記者目前所在位置是在淡水漁人碼頭，在這裡，雪已經積得有兩公分高。儘管天氣這麼的寒冷，但還是有很多民眾攜家帶眷到這裡來賞雪，大家在看到雪後，全部都high瘋了……天呀，這是什麼？我被一顆雪球給擊中！是誰？誰偷襲我？」

在一陣尖叫過後，記者的聲音才又傳來：「剛剛真不好意思，記者被玩雪球的民眾給偷襲圍攻，呵呵，大家玩得可真開心！現在，我們就來訪問一下我身後的這對情侶……」

「請問一下，你們對這場雪有什麼看法？」記者將麥克風遞給一對年輕情侶。

女子興奮地搶著說：「真是太美了！難得在平地能看到雪，當然一定要來朝聖一下嚕！我們在聽到消息後，二話不說馬上就趕了過來，下雪萬歲！」

男子也說：「對呀，這實在是太酷了！這樣就不用還要大老遠跑到合歡山看雪了，大家快來，這裡超讚的！唷呼！」

是真的……淡水真的下雪了！

仁樵，你聽見了嗎？

淡水下雪了……

我看著仁樵的照片開心落淚。

5-5

這天終於到了，我終於能回自己身體，可以甦醒過來了。看著躺在床上的自己，心中真是百感交集。

這時老媽在一旁，正用清水擦拭著我身體，沒有一絲抱怨，沒有半點不耐，有的只是無限包容及偉大的母愛。我看著老媽頭上，似乎多了好幾根白髮，我不忍地對她說：「老媽，辛苦妳，我回來了。」

我轉頭對小妖說：「謝謝你，還有蛇姬、蠍帥，我不會忘記你們的。」

小妖背過身，倔強說：「快回去吧，你女朋友正等著呢！我能幫的就只有這樣，之後就要靠你自己了。」

「嗯，謝謝。」

我走近病床，坐下，並慢慢地躺下。

這期間，我聽見老媽正對我說：「兒子呀，今天是漢文與小琴的結婚之日，你可別怪小琴，她也挺可憐的，她……」老媽忽然察覺不對勁，直瞪著床上的我。

我的靈魂回到了肉體，動動僵硬手指，接著我睜開了眼睛。

我看著老媽，同時她也正看著我，她的嘴呈巨大O形，嚇得說不出話。

我坐起身，抱著受驚的她說：「對不起，媽，我回來了。」

老媽一聽，眼淚立即掉落，她不敢置信的問：「你真的回來了？你真的是我兒子仁樵嗎？我是在作夢嗎？」

我紅著眼眶說：「妳沒作夢，我真的回來了。我，是妳的寶貝兒子；而妳，則是我最敬愛的老媽。」

老媽驚喜地抱著我，捧起我的臉龐不停地又親又吻，而我當然也非常開心，抱著她心中十分激動。

就在我們高興到忘我時，我突然想起一件重要的事，我推開老媽懷抱說：「媽，有件事我必須立刻去做，我要去找琴。」

老媽起初露出驚訝表情，沒多久她無奈地搖頭笑說：「你……你這個傻孩子，去吧，去把我未來的媳婦給找回來。」

我跳起身，立刻衝出房門，一路奔離了醫院，心情也隨之起飛。

琴，終於可以讓妳看見我了。

總算能讓妳聽見我最想說的那三個字……

是的，我愛妳。

儘管這三年來，我的靈魂在妳耳旁，已訴說過無數次，但這不夠，這些一點也不夠，我要讓妳知道，我好愛妳。

妳的愛哭、妳的任性、妳的微笑、妳的聲音，妳一切的一切，我都愛。

醫院的病人、護士與醫生，都紛紛轉頭看向我，想了解究竟發生何事。

一路想著，一路開心地笑著。

「先生，請不要在醫院裡奔跑。」

「請小聲點。」

「你哪個病房的？」

「是聾子嗎？聽不懂是吧！」

耳邊傳來許多人的聲音，我好開心，大家終於看的見我，也聽得見我的聲音了。

一路上，有醫護人員前來勸阻，也有警衛過來阻攔，但都被我給一一擺脫，我一路狂奔，衝出了醫院大門。

我招攬計程車，但司機一見我身穿病服，又獨自一人，根本不敢開門讓我上車，每台車見到我都紛紛走避，弄得我滿頭灰。

不久，警衛從後頭追上，我一急，見有個少年將摩托車停靠在一旁，我衝過去，跳上他的車，催動油門，車子嗚的一聲向前飛馳而去。

離去前，我回頭跟傻眼的車主說：「我有急事，先借用一下，回頭我再還你。」

沿途，我滿腦子想的都是琴的事，等會兒她見到我會有怎樣的反應？她會開心還是難過？

對了，我突然想到一件事，我趕緊將摩托車掉頭，騎到我發生事故的十字路口。那天我就是要來這裡買花的，但這次我並沒有踏進花店，我在花店外的雜物堆前蹲了下來。

我努力翻找，終於讓我看見銀白亮光。

找到了！我的求婚戒指。

鑽石雖不比漢文的大顆，卻是我大學四年省吃儉用的心血。戒指上頭沾了些血跡，我拿近嘴邊，呵了幾口氣，再用身上衣服擦拭，不過乾掉的血漬，一時間竟擦不起來。

我在附近找了又找，卻沒發現戒指盒，大概被當作垃圾掃走了吧。

不管了，我將戒指放入口袋，再度跨上機車，前往琴的家。

她現在應該還在家吧？還是已經在出發的路上？越想越不安，於是我加緊了油門。

到了，終於到了，琴的家就在眼前，她家樓下停著幾台繫著紅花的喜車。

呼，幸好，還來的及。

我跳下摩托車，三步併作兩步跑進琴的家裡。

客廳的伯父伯母，在看到我的那一刻，都伸長了脖子，瞪大了眼，吃驚地說不出話來。

伯母伸手指著我，嘴裡擠出來的話盡是：「你，你，你……」

好茜從樓上走了下來，她一見到我，愣了幾秒後，尖叫著往我身上撲了過來，開心地說：「天呀！仁樵，我是在作夢嗎？」

我笑著說：「伯父、伯母、好茜，好久不見，我來找琴，她在樓上嗎？」

「你，你，你……」伯母依舊說著同樣的話，而伯父則一個勁地死瞪著我。

好茜臉上的表情突然沉了下來，結巴地說：「琴她……她……」

我沒空跟伯父伯母解釋，也沒時間聽好茜慢吞吞地說話，我只說了句：「我上去找她。」便奔了上樓。

琴的房門口擠了一堆人，看穿著打扮應該是伴郎，他們吱吱喳喳的不知在談論些什麼，我擠開他們，直接向房內踏了進去。

一踏進門，我立刻喊了聲：「琴……」

看了看四周，沒看見琴的身影，只有漢文穿著新郎禮服頹喪地坐在床沿。

漢文見到我，非常震驚，但沒多久，他就恢復了冷靜。

他上前給我一個擁抱，說：「你終於醒來了，我真為你感到高興。」他臉上一下浮現出喜悅，一下浮現出痛楚，我想我能了解他現在的心情，但現在可不是敘舊的時候，我連忙問他：「琴呢？她在哪裡？」

漢文痛苦地說：「我不知道她現在在哪，她……離開了……」

我焦急地抓著漢文追問：「這怎麼可能？她不在這，那她會去哪？今天……今天不是你們的大喜之日嗎？」像踩到漢文的痛處般，他臉上猙獰了起來，接著他往後跌坐在床上，雙手摀著自己的臉。

我急說：「到底怎麼回事，你快說呀！」

漢文指著他身旁，我順著他所指的方向看去。床上有件新娘禮服，禮服上靜靜躺著一張字條，上頭簡單寫著「對不起」三個字。一枚戒指壓在字條上，這枚戒指就是漢文向琴求婚的那枚。

我心中一喜，原來小妖他們說的是真的，琴她心裡依然還愛著我，我真是個笨蛋，怎麼讓嫉妒給蒙蔽了雙眼呢？

琴，真是對不起。

喜悅的同時，也感受到身旁的低氣壓，我知道漢文現在心裡一定很難受，我只能拍拍他的肩安慰他。

雖然漢文臉上神情十分痛楚，但他還是焦急地問我：「你知道她會去哪呢？今天天氣這麼冷，她衣服又穿得少，真的是！」

即使你自己痛苦萬分，還是關心著琴呀……

我搖頭說：「我也不知道。」

正當我倆陷入一片沉默時，鄰居電視機的聲音傳來。

新聞主播正在報導：「關於這次淡水下雪的現象，我們有請氣象專家來告訴我們，這到底怎麼回事。」

什麼！剛剛我聽見了什麼？

她說淡水下雪了？

我伸直背脊，側耳再仔細聽。

氣象專家有條不紊地說：「這次淡水會下雪的原因，主要是因為全球氣候變遷的結果，大家請看這張天氣圖，北方大陸冷氣團南下，導致……」

是真的！淡水真的下雪了！

我感到相當不可思議。

「啊！」我突然大叫，我想我知道琴她會去哪了。

漢文和其他伴郎都疑惑地看著我，我拉著漢文立刻往外走，邊走我邊對他說：「我知道她在哪了，走吧，我們開車去找她。」

漢文面露喜悅，應了聲，便開著其中一輛喜車，載著我出發，目的地則是淡水漁人碼頭。

「她為什麼突然想去那？」漢文感到不解。

「因為一場約定。」

漢文輕笑了聲說：「果然……果然她最後還是選擇了你……」

「我不會跟你道歉的，因為感情的事，並沒有誰對誰錯。對你，我只想說聲謝謝，謝謝你對琴的照顧，謝謝。」

漢文苦笑一聲，我們又繼續陷入沉默。就這樣，車子一路駛到漁人碼頭。

＊＊＊

一接近，皚皚白雪已將淡水給覆蓋上一層薄，屋簷上、車頂上、樹梢上，處處都是銀白世界，真是美得不可思議。

一點一點的小雪花，從天空緩緩飄落，我們打開雨刷，以防視線被遮蔽。路面有些滑，加上湊熱鬧人群多，因此行車速度變得緩慢。

到了，漁人碼頭總算到了。

下了車，我急對漢文說：「走吧。」

漢文搖搖頭，站在原地說：「我輸了，你去吧，希望你能讓她拾回以往的快樂。雖然不甘心，但我還是祝福你們。」

「你……好吧，我會的。」我轉身，在白雪世界中跑了起來。

雪迎面向我飛來，風是這麼的寒冷，而我身上卻僅穿著單薄的病服。雖然我全身發抖，牙齒也冷得打顫，但我並不退縮，持續朝情人橋的方向奔去。

好多人側目望著我，他們見到我的穿著都一臉驚訝，但也有人繼續仰著頭，張著嘴，吃著天上飛來的雪花。

人好多，琴，妳在哪呢？

我一路跑，一路在人群中搜索。

終於，我看見了妳。

5-6

看著白雪飄零，這裡簡直就像童話王國般夢幻。我攤開手掌，看著雪花落在我手心，沒多久便因我的體溫而融化。

好美，下起雪的漁人碼頭果然很美。

岸邊的漁船、木棧道、情人橋上，都被雪給覆蓋，而純白的雪更與情人橋的顏色相互輝映。

男女老少個個將自己給包得緊緊的，在銀白色世界裡盡情地嬉戲玩耍，大家皆因這場突如其來的雪，感到興奮異常。

我站在橋中央，靜靜地望著遠方。

一陣寒風吹來，使我打了個冷顫，我朝手心呵了幾口氣，兩手不停來回搓揉。都怪我，一聽到下雪的消息實在太興奮，不顧一切就溜了出來，忘了該多加些衣服，下雪原來這麼冷呀！

不知漢文他現在怎麼了……

匆匆留了張字條便離開，一句解釋的話都沒有，我想他應該很傷心。

對不起，我不是有意要讓你難過的，晚點回去我一定向你解釋，請你原諒我……

仁樵，你還記得約定嗎？

記得當時你還嘲笑我，說這是不可能發生的事，雖然後來你還是答應了這愚蠢的約定，但我知道，你心裡根本不當一回事。

現在，如今，這裡真的下雪了，奇蹟真的發生了，而你呢？

你會遵守約定，和我一起看雪嗎？

你會是下個奇蹟嗎？

想著想著，我溫熱的淚水從眼角溢了下來，眼淚好暖和，但我的手是冰的，身體是冰的，甚至連心都是冰的。

不可能會有奇蹟了……

仁樵他不會醒過來了……

我苦笑著。

一對對情侶站在橋上，傳來陣陣嘻笑，使我更加心酸難過。

突然，情侶們議論紛紛，交頭接耳不知在說些什麼。我往他們的視線方向一看，一個衣衫單薄且穿著病服的男子，正朝這奔來。

是醫院逃脫的精神病患？還是……

隨著距離的逐漸拉近，我看清了那個人的臉孔。

他……他……他是……

原本的驚訝，被無比的雀躍所取代，我頓時覺得手不冰了，身體不冷了，甚至連心都熱到沸騰起來。

是他，真的是他！

尾聲

寒冷的冬天，淡水飄起了陣陣白雪，將人車、大地都給覆蓋。

白天，原本應人煙稀少的漁人碼頭，湧進了許多湊熱鬧的人群，使原本寧靜的氣氛，一時間喧鬧了起來。

有人又跑又跳，有人興奮尖叫，有人在雪地上打滾，大家像個孩子似的，不管男女老少，全都為之瘋狂。

突然，一陣急促腳步聲，一個匆忙的身影，在人群中不停地穿梭。

大家好奇地望向這行動怪異的年輕人，只見這人穿著稀少，不冷嗎?現在可是零下三度呢!而他身上穿著的，居然還是醫院的病服!是……精神病患嗎?

只見路人紛紛走避，在背後不停地交頭接耳，而穿著怪異的男孩，則一口氣向情人橋的方向奔了去。

在橋頭，男孩停下腳步。

有個神情激動的女孩，正與他四目相對。

女孩一掃剛才臉上的陰鬱，露出了燦爛笑容，就像冬天裡的暖陽般，耀眼又迷人。

男孩原本氣喘吁吁，但在見到女孩的笑容後，咧開嘴，跟著露出大大微笑。他倆彼

尾聲

此相互凝望，兩人一會兒哭，一會兒笑。

路人對他倆的舉動感到相當好奇，都紛紛轉過頭來觀望。

男孩深深吸了口氣，朝站在橋中央的女孩大喊：「楊琴……」

大家被他的叫聲嚇了一跳。

男孩繼續喊著：「我……愛……妳……」

女孩聽到這句話後，淚掉得更多。

男孩提起腳步，一步接著一步，慢慢朝橋中央女孩的位置靠近。每踏上一層階梯，他便再多說一句：

「妳是我這輩子最愛的女孩。」

「我愛妳的哭鬧、任性、溫柔、可愛。」

「我愛妳勝過我的生命。」

「這三年來，我每天都想對妳說『我愛妳』這句話。」

「我愛妳，所以我回來了。」男孩舉起左手，晃著手腕上的幸運手環。

就這樣，一句話，一個腳步。

當男孩站到女孩面前時，女孩早已淚花四溢，哭得不能自己。

最後，男孩在女孩面前跪了下來，掏出那枚沾有血漬的戒指。他仰頭，深情地對女孩說：「我愛妳，嫁給我。」

女孩看著那枚戒指，抹了抹臉上的眼淚，用力地點頭。

四周響起了熱烈掌聲，看熱鬧的民眾無不歡呼叫好，有人在旁吹著口哨，也有好多人在看到這樣的真情告白後，感動得落了淚。

來這採訪的記者，在看到這一幕，當然不能錯過，於是透過現場直播，這場感人肺腑的告白，便藉由攝影機傳送了出去，讓全民做了他倆的愛情見證。

寒風冷冽依舊，白雪飄零持續，但大家的心卻暖烘烘、熱呼呼的。

（全書完）

尾聲

國家圖書館出版品預行編目資料

情人橋之約 / 嬋娟 著
--初版-- 臺北市：博客思出版事業網：2016.02
ISBN：978-986-5789-87-9（平裝）

857.7 104028348

現代輕小說 07

情人橋之約

作　　者：嬋娟
編　　輯：塗宇樵
美　　編：塗宇樵
封面設計：塗宇樵
出 版 者：博客思出版事業網
發　　行：博客思出版事業網
地　　址：台北市中正區重慶南路1段121號8樓之14
電　　話：(02)2331-1675或(02)2331-1691
傳　　真：(02)2382-6225
E—MAIL：books5w@yahoo.com.tw或books5w@gmail.com
網路書店：http://www.bookstv.com.tw
http://store.pchome.com.tw/yesbooks/、華文網路書店、
三民書局、博客來網路書店 http://www.books.com.tw
總 經 銷：成信文化事業股份有限公司
電　　話：02-2219-2080　傳 真：02-2219-2180
劃撥戶名：蘭臺出版社　帳號：18995335
香港代理：香港聯合零售有限公司
地　　址：香港新界大蒲汀麗路36號中華商務印刷大樓
C&C Building, 36,Ting, Lai, Road, Tai,Po, New,Territories
電　　話：(852)2150-2100　傳真：(852)2356-0735
總 經 銷：廈門外圖集團有限公司
地　　址：廈門市湖裡區悅華路8號4樓
電　　話：86-592-2230177　傳 真：86-592-5365089
出版日期：2016年2月 初版
定　　價：新臺幣220元整（平裝）
ISBN：978-986-5789-87-9